五色の殺人者

千田理緒

東京創元社

受賞の言葉

千田理緒

「本格ミステリとは」。鮎川哲也賞へ応募した時も、受賞の連絡をいただいた時も、インターネットでこう検索しました。

読書は好きです。が、読書家を名乗れるほど多くの本を読むわけではなく、ミステリを特に好んで読むようになったのも数年前のことです。「本格ミステリ」というものが一体何なのかまったくわかっていなかった私が、このような栄誉ある賞をいただけるとは、思いもよらないことでした。

昔から、運がいいという自覚はありました。懸賞やビンゴは当たりやすい方ですし、人見知りのわりに友人にも恵まれています。今回の受賞も、小説の神様からのプレゼントくらいに考え、ここからしっかりと実力をつけていけるよう、精進していこうと思います。

自分の書いたものが、はたして「本格ミステリ」という枠に当てはまるのか。それは今でもよくわからないままですが、ともあれ楽しく読んでいただければ幸いです。

最後になりましたが、選考委員の先生方、東京創元社のみなさまに厚く御礼申し上げます。

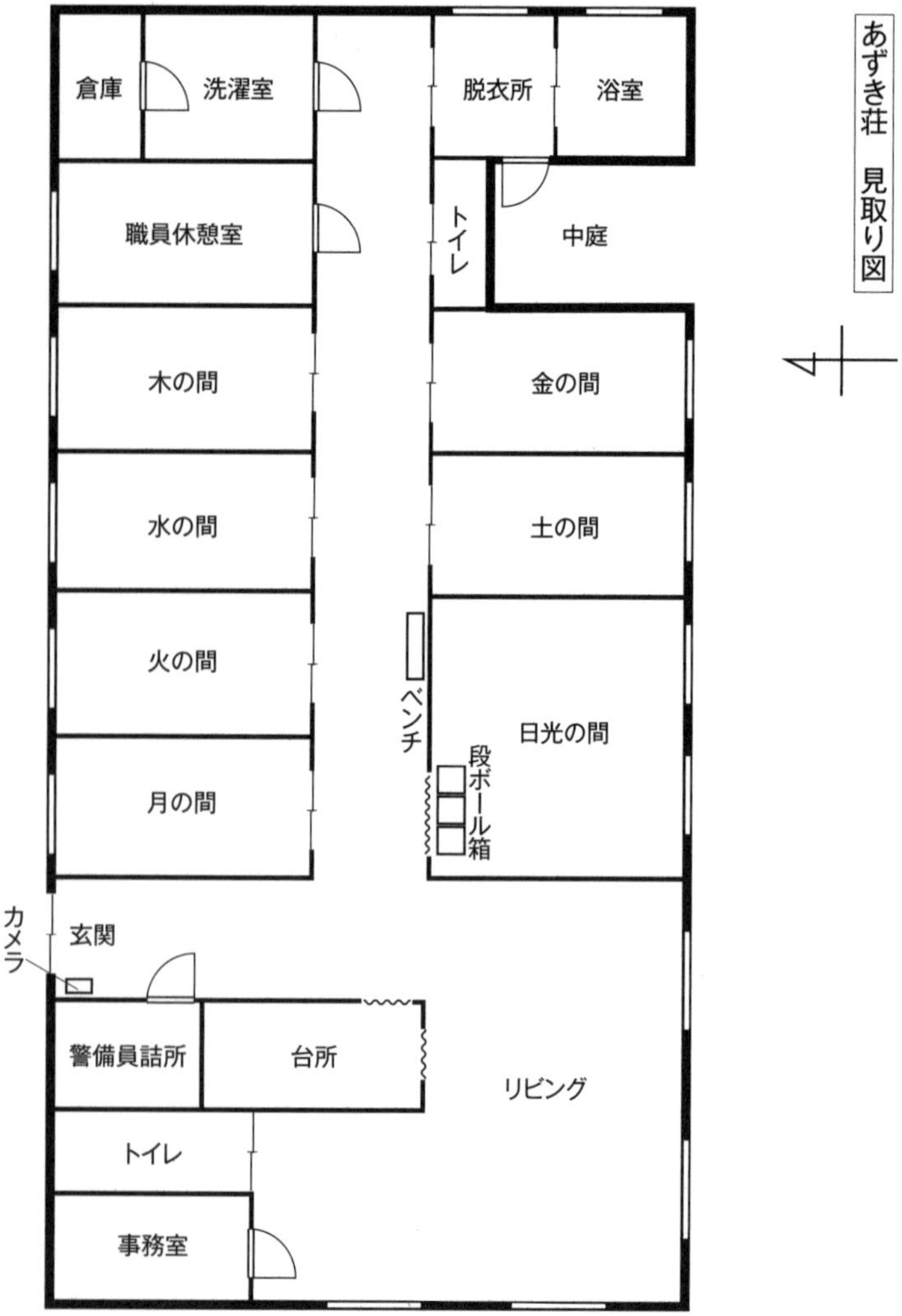
あずき荘　見取り図
倉庫
洗濯室
脱衣所
浴室
職員休憩室
トイレ
中庭
木の間
金の間
水の間
土の間
火の間
ベンチ
日光の間
段ボール箱
月の間
カメラ
玄関
警備員詰所
台所
リビング
トイレ
事務室

五色の殺人者

1

姫野《ひめの》一郎《いちろう》は、ベッドの横に倒れて死んでいた。

もっとも、その時点で死んでいるとメイは確信していたわけではない。床に顔面を押しつけた状態で倒れ、後頭部から血を流しているのがわかっただけだ。鮮血が、量の少ない白髪を赤く染めている。

「救急車！　それとすぐに矢口《やぐち》さん呼んで！」

倒れている姫野に駆け寄りながら、鈴井《すずい》夏樹《なつき》はこちらに向かって、てきぱきと指示を出した。

動揺している時間はない。メイは姫野の部屋から出て、矢口あかりの名を大声で叫ぶ。同時に、ズボンのポケットからスマートフォンを取り出して、一一九を押した。

発信ボタンを押す前に、頭の中で緊急通報の応答手順を反芻《はんすう》する。

――火事ですか、救急ですか。

――火事です。

じゃない。救急です、だ。

動揺していることに気づき、落ち着くために一度深呼吸をした。

コール音は一回鳴ったのみで繋《つな》がった。

「こちら消防です」

「救急車お願いします。場所は……」

言いかけて口ごもった。ここの住所をそらんじるのに自信がない。

「えっと、中地市《なかち》麻野町《あさのちょう》二丁目の、神社の裏……カフェ・バナジウムの隣のあずき荘です。壁も屋根も赤茶色の平屋です」

どうやら向こうにはきちんと伝わったらしい。ほっと安堵《あんど》の息を吐いたメイは姫野に目を向けた。次は負傷者の容体の説明である。

「姫野さん、大丈夫ですか」

鈴井は優しく声をかけながら、丁寧《ていねい》に後頭部を確認している。後頭部以外に大きな傷は見当たらないようだ。

小走りでやって来た矢口は、手際よく姫野の呼吸や心拍を確認し、メイがそれを電話口で伝えた。そのころになると慌てて他の職員も集まり始めていたが、通常業務に支障が出るからと鈴井が追い払った。

救急車はものの数分で到着し、救急隊員によって姫野はストレッチャーに乗せられた。その間、ぴくりとも動かない。顔は完全に生気を失っており、目も薄く開いて光がなかった。

「私がついていくから、あとはよろしくね」

そう言い置いた矢口と姫野を乗せ、来た時と同じすばやさで救急車は去っていった。

玄関でメイと鈴井は、救急車が去った方角をぼんやりと眺めた。

「おそらく駄目だろうって。矢口さんがさっき呟《つぶや》いていた」

「……そう、ですか」

何と答えていいかわからず、メイはとりあえず相づちを打つのみにとどめた。

――「残念ですね」「悲しいです」「気のいい人だったのに」

「おそらく駄目だろう」という矢口の見立てを考えると、こういった言葉はまだ早い。

――「何でもないといいけど」「早く戻って来て欲しいですね」

かといって、「おそらく駄目だろう」というからには、こういった言葉もまた相応《ふさわ》しくない。

「さて、奥末《おくすえ》施設長に電話で報告しないとな。メイちゃんは仕事に戻って」

メイの緊張を解くためか、鈴井は穏やかな声音だ。屈強な体格の男性だが柔らかい雰囲気があり、ここでは人気の存在である。

メイは頷《うなず》いて、玄関をあとにした。今が一番忙しい時間帯なのだ。この十分で起こった非常事態はいったん意識から切り離し、通常業務に戻らなければ。

薄情だと言われようと仕方がない。そもそも、人の死が起こり得る事態が想定内の仕事なのだ。

だが、実際に救急搬送の対応をしたのは、新人のメイにとって初めてのことだった。

鈴井や矢口は幾度も同じような経験をしているのだろう。冷静で的確な動きだったから。

急ぎ足で室内に戻ると、何人かが興味津々といった顔を向けてきた。今が最も忙しい時間帯だというのはみんなわかっているため、何が起こったのかとすぐに聞いてくるような人はいない。どうせ、あと一時間ほどで昼食の時間だ。

しかし、昼食の時間は大いにずれこむこととなった。警察が来て、姫野の部屋を封鎖し、施設内の全員に対して事情聴取を始めたからだ。

最初は、まったくおかしな話だとメイは思った。ここでは、人が死ぬことは珍しくないのに。ふらついて転倒、よくあるパターンだ。

ここはあずき荘。

高齢者介護施設である。

2

一時間後にやってきた二人の警官は、鈴井と話をしながら姫野の部屋だった「木《こ》の間」の中に入っていった。それからしばらくすると今度は何人もの警官がやってきて、「木の間」の前に立ち入り禁止のテープを張り巡らせたあと、その隣の空《あ》き部屋である「水《みず》の間」を使って、関係者への事情聴取を始めた。初めに、第一発見者の鈴井が呼ばれた。

矢口はまだ、姫野が搬送された病院から戻ってきていない。利用者の老人たちは騒ぎ出しているし、その上警察はメイたち職員の行動を監視、制限している。

朝から外出していた奥末施設長は、鈴井からの連絡であずき荘へ戻ってきていた。しかし指示を仰ごうにも、彼も警察の対応に追われているらしく、ばたばたと慌ただしく動き回っていて捕まえられそうもない。

「いったい、何が起こったんだ？」

山上栗之助《やまがみくりのすけ》は、オーバーに首をひねってからメイに向き直った。

警察が来ようと何だろうと、支援を必要とする利用者がいなくなるわけではない。度重なる排泄《はいせつ》の失敗で洗身の必要な利用者や、皮膚《ひふ》の問題で毎日入浴が必要な利用者だっている。警察もその点は配慮してくれたのか、入浴や排泄の介助は制限されておらず、山上は今までずっと入浴介助にあたっていた。そのため、何も知らないのだろう。

「詳しいことは私にもわからない。わかるのは、姫じいが部屋で倒れてて、救急搬送されて、警察が来てるってことだけ」

「姫じいが？　警察が来てるってことは、亡くなったのか」

姫じい、というのは姫野の愛称だ。愛称というのだろうか、本人のいないところで、職員が勝手にそう呼んでいるだけなのだが。

「はっきりとは聞いてないけど、やっぱり亡くなったのかな」

「けど、それにしたっておかしいぜ。利用者の死亡で警察が来たことは今までにも何度かあったけど、こんな大がかりな捜査じゃなかった」

「そうなの？」

「病死や老衰じゃない限り、病院は警察への通報義務があるんだとさ。きっと、搬送先の病院が通報したんだろう。でも今までの経験じゃ、形だけ捜査して、一応関係者に話を聞いて、って感じだったぜ。話を聞くのだって、普通にそこらへんの廊下で立ち話だよ。こんなふうにわざわざ部屋を用意して、一人ずつ呼んで、だなんて初めてだ」

山上は、心底わからないというように目を閉じて大きく首を振った。いちいち動きが大げさなのが、この男の特徴だ。

山上はメイより一つ年上の二十六歳で、仕事の上でも先輩にあたる。しかし、介護業界というものは慢性的な人手不足で、入職したその日から新人も戦力としてカウントされる。そのため先輩後輩の意識は他職種より薄いのか、メイは介護経験年数八年の山上に対しても、「同僚」「戦友」に近い意識を抱いているし、向こうも同輩のように接してくる。

それにしても、やはりこの状況は異常らしい。八年間働いている山上でも、初めての経験だというのだから。

利用者の昼食はいつも十二時からだが、今日は準備が遅れている。急いで食卓を整えてお茶を入れ、手洗いの介助や食事前にする嚥下《えんげ》体操の指導に追われていると、矢口が戻ってきた。矢口は五十代なかばのきびきびとした女性で、このあずき荘唯一の看護師である。長い髪を後ろで一つにまとめ直しながら、ふっくらとした身体を揺らし、小走りでリビングに入ってきた。

「ごめんね、遅くなって」

「姫じい、亡くなったんですか」

「そうなの。残念ね」

「けど、なんでこんな大々的に捜査されてるんですか」

「ちょっと待って」

矢継ぎ早に質問を繰り出す山上に対し、矢口はストップをかけた。

「たぶん、勝手にあんまり喋《しゃべ》っちゃ駄目なの。ほら」

矢口が手で示す方を見れば、監視役の警官が厳しい表情でこちらをにらんでいる。

「それに、私も詳しいことはよくわかってないし。まあ、聴取の際に説明してもらえるんじゃないかしら」

「脳梗塞《のうこうそく》とかじゃないんですか？　姫じい高血圧だったじゃん」

それでも食い下がる山上に、矢口はため息をついた。

搬送される前の姫野を見たメイは、後頭部に傷があったことを思い出した。おそらくあれが死因と関係あるのだろう。だとすれば、病死の可能性は低くなる。

矢口は、メイと山上に顔を寄せて、声のトーンを落とした。

「どうも、後頭部を強く打って亡くなったらしいの。警察は殺人事件じゃないかって疑ってるんでしょう」

こほん、と大きめの咳払《せきばら》いが聞こえた。先ほどこちらをにらんでいた、あの警官だ。矢口は両手を上げて二人から離れた。

「これ以上はよした方がいいみたい。あとは事情聴取の順番を待ちなさい。この施設内にいる全員におこなうって聞いたから」

ぽかんと口を開けたままのメイと山上を置いて、矢口は自分の仕事に戻っていった。


メイの事情聴取は鈴井の次、午後一時をすぎたころだった。

事情聴取に使われた「水の間」は利用者が宿泊する際に使用する部屋の一つで、ベッドとクローゼット以外は何もない部屋だ。

どこから持ってきたのか、部屋の中央には折り畳める簡易机が運びこまれており、その向こう側に二人の刑事が座っていた。中年太りが始まって数年が経っていると思われる、しかめっ面で五十代くらいの男性と、ひょろ長い体軀《たいく》に無表情な顔をした二十代後半くらいの男性の二人組だ。彼らはそれぞれ、近藤《こんどう》警部と磯《いそ》巡査部長と名乗った。

「お仕事中にすみませんね」近藤はあまりすまなくなさそうに言った。「しかし、こちらとしても仕事なもので、協力してもらえるとありがたいんですが」

「姫野さんのことでしょうか？　事故ではないんですか」

「事故かどうかを調べているところです。そういう決まりでしてね」

近藤は手を組み直して、メイを正面から見つめた。どこにでもいる中年男性にも見えるが、それでもやはり刑事というものは眼光が鋭い。何も後ろ暗いところがないにもかかわらず、メイは思わず「私がやりました」と言ってしまいたい気分に襲われた。

「お名前と年齢を」

「明治《めいじ》瑞希《みずき》、二十五歳です」

「ここで働いてどのくらいになりますか」

「まだ四ヶ月ほどです」

近藤が質問し、隣に座る磯がそれをノートに記録していく。磯はメイと同世代に見えるが、デジタルなこのご時世でもパソコンを使わないところに、メイは少しだけ好感を持った。

「救急要請は十時四十三分でしたが、少しさかのぼって伺います。今日、八月四日の午前十時ごろは何をしていましたか？」

「十時……でしたら、今日来所予定の利用者が全員そろって、リビングで朝の挨拶《あいさつ》を始めたころだと思います」

「朝の挨拶?」

「みんなで、今日の日付や天気、一日のスケジュールなんかを確認するんです。十分程度で終わるものですけど」

「それは利用者も職員も、全員で?」

「入浴中の人と、その介助者以外は全員参加します」一度言葉を止めて、記憶を探った。「今日は確か、利用者の島谷《しまたに》さんが入浴中でした。その介助で、スタッフの山上くんも浴室に行っていて、リビングにはいなかったです」

朝の挨拶はできるだけ全員に参加してもらってはいるが、入浴者はその限りではない。入浴介助はテンポよく進めなければ、本日の入浴予定者全員が入れない可能性もある。来所の早い利用者から次々に体温や血圧を測定し、問題ない人から順番に入浴してもらうことで、なんとか滞《とどこお》りなく業務を回しているのだ。

「それと、うちは訪問介護もおこなっているので、今日はハルが……あ、すみません。荒沼《あらぬま》さんが外に出ていました。その他の方は、全員リビングにいたと思います。姫野さんもいらっしゃいました。朝の挨拶が終わるとすぐに、部屋へ戻られたみたいですが。姫野さんは昨日からあずき荘へ宿泊されていたので、荷物の整理をしたかったのだと思います」

「朝の挨拶は鈴井さんも参加したんでしょうか?」

「あっ。そうでした。ちょうど十時ごろ来客があって、鈴井さんはその応対に玄関まで行っていて、朝の挨拶には参加していません」

「来客とは?」

「日曜はよく、この時間に利用者のご家族が来られるんです。ご家族と離れて暮らしておられる利用者も多いので、どうしているかと様子を見に。お昼前は職員が忙しくなって、利用者のみなさんが退屈されることも多いので、この時間に来てもらえると喜ばれると、ご家族にもこちらから話してあるんです。えっと、今日は……すみません、フルネームは知らないのですが、藤原《ふじわら》さんのお孫さん、真田《さなだ》さんのお孫さん、眞鍋《まなべ》さんの娘さんが来られていました」

「来客は、その三人だけですか?」

「私がお見かけしたのは、その三人です。確かなことは、警備の方に記録があると思います。私はまだ入職から日が浅いので来客の応対をしたことがないのですが、来客時は玄関脇にある警備員の詰所で、名簿に記入してもらう決まりになっているんです。それに、玄関には防犯カメラもあります」

「防犯カメラは詰所に設置してあるのですか?」

「はい、詰所の前に。カメラ自体は玄関の方を向いているので、人の出入りはわかると思います」

磯の右手が、ボールペンをすいすいとノートに滑らせていく。興味本位で覗《のぞ》こうとすると、メイの視線を阻《はば》むかのように磯はノートを手元へ引き寄せた。

「客たちは、すぐにリビングへ?」

「いえ、朝の挨拶のあいだは、リビングへはいらっしゃいませんでした」

「そのあとは？」

「ええと、どうだったかな」メイは、ぼんやりとした記憶をなんとか手繰《たぐ》り寄せようと、目を閉じて眉間にしわを作った。ちょうど朝の挨拶が終わるころから、忙しい時間帯に突入するのだ。

利用者一人ひとりの体調をチェックし、体温と血圧を測り、家から持参した連絡帳や薬などを確認。近所の仕出し屋に昼食を人数分注文し、順番に入浴介助。洗濯、宿泊者の朝食の片づけ、水分補給、ラジオ体操。午前中は脳を活発に動かしてもらうため、ちょっとした計算問題や漢字問題のプリントに取り組んでもらうことも多い。その合間あいまに、利用者が次々と声をかけてくる。

「便所」

「中庭で日光浴したいわ」

「腹減った。何か食べるものないかね？」

もちろん、自ら声をかけてくる利用者ばかりではない。

腕を寒そうにさすっているなと思えば、「羽織《はお》るもの持ってきますね」。

お茶のコップが空《から》になっていると気づけば、「もう一杯飲みますか？」。

しかめっ面だと思えば、「どこか痛みますか？」。

こうして、こちらから気を配らなければならない。足元がおぼつかないのに、急に立ち上がって動き回る利用者だっている。目が回る忙しさなのだ。

メイは目を開いて告げた。

「ご家族の方たちがいつごろからリビングにいらっしゃったかは、ちょっとわからないです。いらっしゃることに気づいてようやく挨拶したのは、十時半ごろだったと思います」

近藤の眉がぴくりと動いた。

「詳しい時間はわかりますかな?」

「それは……すみません、腕時計を着けていないので。身体介助をする際に危険なので、仕事中は腕時計やアクセサリーの類《たぐい》は厳禁なんです。壁掛け時計も、忙しいと頻繁《ひんぱん》には確認しませんし」

「それでは、前後のできごとを思い出してみてください」

もう一度目を閉じて、落ち着いて考えてみた。「……時刻は、やはりわからないのですけど……まず、眞鍋さんの娘さんにリビングでぶつかりそうになったんです。その、慌ただしく動いていたもので。そこでようやくお客さまに気がついて、挨拶したんですね。眞鍋さんの娘さんは何度も来られているので、簡単な挨拶でしたが」

「あとの二人は?」

「その時、他にもお客さまがいるのではないかと思ってリビングを見渡してみたんです。そしたら初めて見るお二人がいて。そのお二人には、会ったことがなかったんです。あまりここにはお見えにならない方なので」

「イツキさんは最近よく来られると聞きましたが」

「イツキさん?」

「藤原さんのお孫さんです」

「ああ、あの方。緑のシャツを着ておられた方ですよね。イツキさんとおっしゃるんですか。この一、二ヶ月ほどは、かなりよく来られているらしいですね。けど、シフトの関係でたまたま、お会いしたのは今日が初めてでした」

その時のことを思い出すと自然と笑顔がこぼれそうになり、メイは慌てて表情を引きしめた。彼は出会い頭に、「はじめまして」と声をかけようとしたメイをさえぎるように、「メイさん？　うちの犬と同じ名前だ」と言ったのだ。


馬鹿にされているのかどうか、とっさに判断がつかず、メイは「はじめまして」の「は」を言おうとした口の形のまま呆然としてしまった。その表情を見て、彼は慌ててフォローを入れた。

「いや、その。失礼なことを言っちゃったかな。申し訳ない。愛犬が死んでもう一年以上経つんですが、いまだに『メイ』という響きに飢えていて。今、別の職員の方に『メイちゃん』と呼ばれているのを聞いて、つい嬉しくなっちゃって」

「はあ……」

「あ！　いえ、死んだペットと同じだなんて言われても、ちっとも嬉しくないですよね？　もちろん、犬とあなたのように素敵な女性を一緒くたにしているわけではなくて、その、違うんです、条件反射というか、じゃなくて、あのですね」

どんどんしどろもどろになっていく様子がおかしくて、メイは思わず笑い出してしまった。

「いいんですよ。私も犬は好きですから」

「や、そう言ってもらえると……いやしかし、失礼しました。どうもはじめまして、メイさん。メイさんと、お呼びしても？」

「どうぞ。あなたは？」

「申し遅れました。藤原といいます」

藤原はそこでようやく名乗った。柔らかそうな癖のない髪は短くまとまっていて、整えられた髪型だけ見ると真面目《まじめ》そうな印象を受けるが、表情はまるでいたずら好きの子供のようだ。

「ああ、和子《かずこ》さんのお孫さんですね」藤原和子の孫が来るというのは昨日の時点で連絡が入っていた。「最近、和子さん、とてもお元気そうにしておられますよ」

それから少しだけ、メイは藤原と他愛のない世間話を交わしたが、仕事が溜まりつつあったのですぐに業務に戻らねばならなかった。


「その、初対面であるお二人とは、言葉を交わされました？」

近藤の言葉で、メイは取調室となっている「水の間」に意識を引き戻された。

「えっと、はい。真田さんのお孫さん、藤原さんのお孫さん、どちらの方ともお話ししました」

藤原の孫であるイツキとは違い、真田の孫とは本当に短い挨拶を交わしたのみだったが。二人とも、メイとそう歳は離れていないように見えた。

「そのあともせわしなく動いていて、そうしたら鈴井さんの声が聞こえてきたんです。ちょうどその時、私はリビングの入口の近くにいたので廊下を覗きました。すると鈴井さんが、『木の間』……ああ、姫野さんの宿泊されていた部屋のことですけど、その戸をノックしながら『すごい音がしましたけど、大丈夫ですか?』って声をかけていました。それを聞いて、私も心配になってそちらへ向かい、引き戸を開けて、それで……」大きく息を吐いた。

「遺体を発見した、というわけですな」

「あのう、その時にはもう、姫野さんは亡くなられていたんですか?」

「頭を打った時点で、即死だったと見ています」

床に顔面を押しつけていた姫野が脳裏によみがえった。

姫野と最後に交わした言葉は何だったろうか。今は遺体となった姫野しか思い出せそうにない。

近藤は発見時の姫野の状態を聞きたがった。メイは鈴井や矢口のように姫野に触れるほど近づいたわけではなかったが、少し離れた場所から見て気づいたことはすべて供述した。

「木の間」は、ここ「水の間」と同じく宿泊者用の部屋で、ベッドとクローゼットしかない。そのため、入口からでも姫野が倒れている様子はよく見えた。頭を部屋の奥側にしてうつ伏せになり、手足は床に力なく投げ出されていた。

姫野の持ってきた荷物はすべてクローゼットに入れられていて、姫野の几帳面な性格がうかがい知れた。朝の挨拶のあとで、昨夜から使用していた寝間着やタオル、歯ブラシもきちんと片付けたようだ。

メイが話すあいだ、磯はボールペンを動かしっぱなしだった。

磯の右手が止まるのを見てから、近藤は口を開いた。

「姫野さんの遺体を発見したあと、部屋から何かを持ち出したり、あるいは何か持ち出した人を見たりしませんでしたか」

首を横に振った。そういえば聴取の前には、女性警官による身体検査と所持品検査がおこなわれた。何か部屋からなくなったものでもあるのだろうか。

「話は少し戻りますが、廊下から鈴井さんの声が聞こえてきたと仰いましたね。その直前に、どなたがどこにいたか、わかるだけ全部教えてください」

これはまた難題だった。メイはたっぷりと時間をかけて頭を働かせた。

「リビングにいたのは……どなたがいたのか、正確には覚えていません。眞鍋さんの娘さんはいらしたように思います。あ、矢口さんもいました」

「矢口さんというのは、姫野さんの救急車に同乗して病院に行かれた方ですね？」

「そうです。矢口さんはここの看護師なので」

「わかりました。続けて」

「その矢口さんと……そうだ、あと、藤原さんのお孫さん。イツキさんとおっしゃるんでしたね。矢口さんとイツキさん、この二人は確実にリビングにいました。そう、それに荒沼さんがちょうど事務室から出てきたところでした。十時半ごろに一度戻ってきて、またすぐに次の訪問先へ向かわないといけなかったんです。それから、『日光《にっこう》の間』にも利用者さんが数名いらっしゃったみたいです」

「『日光の間』?」

「リビングの隣にある、少し広めの部屋です。部屋の名前は、玄関に一番近い部屋から曜日の名前順で、月、火、水、木、そこで廊下をUターンして木の向かいが金、土、そして二部屋分の広さがある日光、となっているんです。曜日の名前を訓読みにしたものが部屋の名前になっているんですが、火曜と日曜が同じ『ひ』という読みでわかりづらいので、日曜だけ『日光の間』という呼び方をしています。『日光の間』は和室なので、リビングよりも『日光の間』が落ち着くという方も多いんですよ。高齢者は膝が弱い方が多くて、置いてある家具は洋風にテーブルとソファなんですが」

ふむふむ、と近藤は磯のノートを覗きこんだ。おそらくあずき荘の間取りでも描いているのだろう。メイも覗きたかったが、先ほどと同じことになりそうでやめておいた。

あずき荘は玄関から入ると、まず前方に短い廊下が伸びている。まっすぐ進むと、右手に大きく開けたリビングがあり、左手に曲がれば長い廊下が伸びている。その廊下の両側にあるのが曜日の名のついた七つの個室で、その奥には浴室や洗濯室、中庭、職員の休憩室などがある。

あずき荘は小規模多機能型居宅介護施設という形態の介護事業所だ。二〇〇六年から始まった、介護施設の中では比較的新しい形態である。

基本的にはデイサービスのように日帰りで通う介護施設なのだが、各利用者の生活状況に応じて、訪問介護サービスや短期の宿泊サービスも利用できるのだ。

「月《つき》の間」から「土《つち》の間」までの六部屋は、宿泊者用の部屋となっている。姫野は昨日から「木の間」に宿泊していた。昨夜は他に、「金《かね》の間」に眞鍋、「土の間」に村北《むらきた》という女性利用者が宿泊している。

「『日光の間』には誰が？」

「私が覚えているのは利用者の末岡《すえおか》さんと真田さんの二人だけですが、もう何人かいらしたような気がします。他の職員なら覚えているかもしれません」

近藤が磯に顔を向けると、彼はボールペンを置いて頷いた。

「わかりました。では、あなたの供述を最初からもう一度確認させていただきます。まず……」

「一つだけ、いいですか」メイは近藤の話をさえぎった。

「姫野さんが救急車で運ばれていって、警察の方々が来るまでのあいだのことなんですが」

「何でしょう」

「利用者の末岡エイさんがトイレに行きたいっておっしゃったので、『日光の間』からお連れしたんです。杖を使用して歩かれている方なので、歩行する時はいつも職員が付き添うようにしているのですが。お連れする最中に、末岡さんがおっしゃったことなんです」

近藤は軽く頷いて先を促《うなが》した。

「騒ぎの起こる少し前、末岡さんが『日光の間』にいた時に大きな音を聞いたんだそうです。何かが倒れるような音だったとおっしゃっていました。おそらく鈴井さんが聞いたものと同じ音だと思うんですが、問題はそのあとです。『日光の間』の引き戸はいつも開けたままにしてあるのですが、その戸の前の廊下を誰かが走っていったらしいんです。『木の間』の方から、玄関かりビングの方へ向かって」

　近藤の目はぎらりと光り、磯は再びボールペンを手にした。「続けて」

「おそらく男性だったとはおっしゃっていましたが、『日光の間』の入口には暖簾《のれん》がかけてあるので、顔は見えなかったそうです。しかも、たまたま入口に介護用品の入った段ボール箱が一時的に積み上げられたままになっていて、下半身もよく見えなかったそうなんですね。つまり上半身の一部しか見えなかったということなんですが、末岡さんがおっしゃるには、その人は赤い服を着ていた、ということなんです」

　近藤は右目だけを細めながら、小指でとんとんと机を叩いた。考えこんでいる時の癖なのだろうか。

「それは重大な証言ですな。あとでご本人にも確認させていただきます」

「それは、たぶん無理だと思います」

「なぜです？」

　鋭くなった近藤の視線に威圧されないよう心を強く持ちながら、メイは口を開いた。

「末岡さんは、きっともう何も覚えてないでしょう。認知症で、重い記憶障害がある方なんです」

3

混沌とした一日の終わり、メイは定時である午後六時にあずき荘を出ることができた。何が起こったのかと不安がる利用者のフォローをしきれたとは到底言えなかったし、やらなければならない業務を大量に残してしまってはいるのだが、今日ばかりは定時で帰っても許されるだろう。

「疲れたね」

「ほんとに」

同僚とげっそりした顔を見あわせてから、あずき荘を出て右へ曲がった。

あずき荘は、東京駅から南下して神奈川との県境を越えてすぐの中地市にある。メイは、あずき荘で働くことになった四ヶ月前からこの中地市に住んでいる。電車で横浜《よこはま》までは十分、東京へも三十分ほどで行けるため便利だと思ったのだが、住んでみれば栄えているのは駅前だけで、駅から十分も歩けば閑静《かんせい》な住宅地、更に十分も歩けば、再開発が中止になって廃墟と化した古い家屋の立ち並ぶ、人気《ひとけ》のない地域に行きついてしまう。

あずき荘があるのは麻野町。住宅地の東のはずれで、あずき荘を出て左に少し歩けば、すぐに廃墟とご対面できる場所だ。夏はこの時間でもまだ明るいが、冬のことを考えると今から怖くなってくる。冬はできる限り誰かと一緒に退社したい。

「メイは明日休みだからいいじゃん。私なんか早番だよ」

「え、ハル明日早番なの？　あはは、かわいそ」

「ちくしょう。呪ってやる」

「誰を？」

「殺人犯に決まってんでしょ」

彼女は天に向かって中指を突き立てた。

荒沼東子《はるこ》。十人のうち九・六人が「とうこ」と読むんだよね、というのは本人の弁。九・六人だなんておかしな表現になるくらいなら、十人じゃなく百人に聞けばいいのに。

ともあれ、自分は「はるこ」なんだとアピールしたい彼女は、周囲の人間に自分を下の名で呼ぶことを強要する。

そのため、「職員に対しても利用者に対しても苗字に『さん』を付けて呼ぶこと」という以前設けられていたらしい規則は、メイがあずき荘で働き始めるころには跡形もなくなっていた。おかげでメイも、ここではすっかり「メイ」というニックネームで定着してしまっている。

「ほんとに殺されたのかな、姫じい」

「殺人じゃなかったら、捜査なんて形式的なものだけらしいじゃん。あんだけ念入りに現場検証とか事情聴取とかしといて、今更事故だった、なんて言われても、そりゃないでしょって感じ」

どうやら事情聴取で相当嫌気がさしたらしいハルは、道端の石ころに八つ当たりしている。ハルはメイと同い年だが、童顔で背丈も低く、幼い所作《しょさ》に違和感がない。

「エイさんなんか、散々何回も呼ばれて、寿命が十年縮んだって言ってたよ」

末岡さん、ではなく、エイさん、と呼ぶのには、これも理由がある。

重度の認知症である末岡エイは、自分の苗字が結婚して変わったという事実を忘れてしまっていることが多いのだ。末岡さん、と呼んでも、それはどちらさまですか、となるわけである。

メイ、と語感が似ているため、エイが呼ばれた時につい返事をしてしまうのが、メイの小さな悩みだ。

ちなみに、そのエイは来月でなんと百二歳になる。

以前計算してみたことがあるのだが、あずき荘利用者の平均年齢は八十三歳くらいだ。いくら高齢化社会だなんだと言われてはいても、百を超えている利用者はやはり珍しい。もしエイが今日のことで寿命が本当に十も縮んでしまったのなら、もともとの寿命はいったいいくつなのだろうと、つい考えてしまう。

「エイさんが何度も聴取受けたの、私のせいだと思うんだよね。悪いことしたな」

「何なに。エイさんが犯人だ、とか言っちゃったわけ」

「まさか」

メイは、エイの証言を説明した。

「赤い服？」ハルは怪訝《けげん》な顔をした。「間違いない？」

「エイさんって短期記憶は意外にはっきりしてるし、信憑性《しんぴょうせい》は高いと思うよ」

ハルは唸《うな》り声をあげて、深刻な表情で黙りこんだ。いつの間にか、いつも別れる交差点まで来ている。ハルはここで右に曲がり、最寄《もよ》り駅へ。メイはまっすぐ、五分も歩けば自宅だ。

ハルが足を止めると、メイも立ち止まった。

「私もさ、午前の訪問から戻ってすぐ、おチヨさんのトイレ介助についたんだよね。警察が来る直前」

おチヨさんとは、眞鍋チヨ子のことだ。チヨ子の場合は単純に、本人希望の愛称だ。「苗字にさん付け」の規則があった時代も、チヨ子だけは「おチヨさん」と呼ばれていたらしい。

こういったニックネームはエイとチヨ子以外にもある。良家の出である村北は「奥さま」と呼ばれないと返事をしないし、岡島《おかじま》は家族みんなに「ちゃあちゃん」と呼ばれているため、そう呼ぶと反応がいい。女性教諭の少なかった時代に高校で音楽を教えていた過去を誇りに思っている真田は、「先生」と呼ばれると、あふれんばかりの笑顔を向けてくれる。

「それでね、おチヨさんもエイさんとほぼ同じことを言ってたの」

「おチヨさんもその時、『日光の間』にいたんだ」

「そう言ってた。けどおチヨさんの証言は一点だけ、エイさんの証言と食い違う」

人差し指を立てて、ハルはきっぱりと述べた。

「おチヨさんは、そいつは緑の服を着てたって言ってたの」

「緑?」今度はメイが怪訝な顔をした。「確かなの?」

「ね、変でしょ」

道理で、チヨ子もエイのように何度も事情聴取に呼ばれていた。しかも、チヨ子の記憶障害も、エイと同じくらいのものだ。警察から聴取を受けるころには、すべてをきれいさっぱり忘れていたことだろう。近藤と磯の仏頂面《ぶっちょうづら》が目に浮かぶ。

「あの時、先生も『日光の間』にいたけど、先生は見てないのかな。知らない?」

「真田先生? 聞いてないけど、先生なら明日以降でも覚えてるかもね。あの人って、大事なことはちゃんと覚えてるよね。やっぱり教師っていう責任感の強さが必要な職業だったからかな」

「そうかもね。ところでさ、姫じいの部屋から音がした時が、やっぱり犯行時刻なのかな」

「間違いないみたいよ。刑事に聞いてみたら、その可能性が高いって。音を聞いてすぐに部屋へ行った鈴井さんも、姫じいの体はまだ温かかったって言ってたし。鈴井さん、あの時は洗濯室にいたらしいから、『木の間』まではすぐでしょ?」

右折する方向の信号が緑になった。ハルは話は終わりだというように片手を振って、ため息をついた。

「ま、とにかく。今日は疲れたし、とっとと帰って寝るわ。メイは明日一日、ゆっくり考えてみれば。ミステリ小説、好きなんでしょ?」

「考えないよ、面倒くさい。考えるのは警察の仕事だし。ミステリは好きだけど、小説と現実は違うし」

ハルは疲れた顔で笑って、あくびをかみ殺しながら交差点を右折していった。

信号が緑になるまで、メイはハルの後ろ姿を見るともなしに見ていた。

赤と緑。なんとなくクリスマスを連想させる色合いだ。今は夏であるため季節はずれだなどと、思考はあさっての方向へと飛び去っていく。やはり疲れているらしい。

メイはかぶりを振って、思考をクリアにしようと努めた。面倒くさいから考えない、と言っておきながら、なんだかんだ考えてしまっている。

赤から緑に変わった信号を凝視しつつ、メイは歩き出した。現実的に考えて赤と緑を見間違うとは思えない。

赤と緑の服だったのだろうか。例えば、左半分が赤、右半分が緑の服で、左半分を見たエイは「日光の間」、右半分を見たチヨ子は「月の間」か「火《ひ》の間」から、件《くだん》の人物を目撃した、という説はどうだろう。その人物のファッションセンスに問題はあるが、理論的には問題ない。

「あ、駄目だ」

思わず独りごとがこぼれた。

ハルの話によれば、チヨ子は「日光の間」にいたらしい。それに、「月の間」や「火の間」は通常、宿泊する利用者が使用する部屋だ。昨日、「月の間」や「火の間」に泊まっていた利用者はいなかったはずだし、チヨ子がそれらの部屋に入る理由がない。

集中していたメイは、前方から手を振りながら歩いてくる人物にしばらく気がつかなかった。

「どうも、メイさん」

不意にかけられた声に顔を上げると、すぐ正面に藤原が立っていた。

「あっ。藤原さん。本日はどうも」

「こちらこそ、お世話になりました。いやあ、今日は大変でしたね。姫野さんのこと、残念です」

「本当に。あのあと和子さん、大丈夫でした？　お疲れだったんじゃありません？」

藤原和子はいつも通り、午後四時ごろに帰宅した。

和子は一人暮らしだ。和子を自宅へ送る車に同乗していった藤原が今ここを歩いているということは、今までずっと和子の自宅にいたのだろうと、メイは推測した。

「家へ帰り着いた時は、さすがに疲れていたみたいでしたけどね。僕もそのあとすぐに出てきてしまったものだから、詳しくはわかりません。まあ、しっかり夕食をとって早く寝るように言っておいたので、大丈夫でしょう」

残念ながらメイの予想は外れた。

「あら、そうでしたか」

少し意外に感じた。優しそうな雰囲気に見えたのに、殺人事件なんてものに巻きこまれた祖母についていてあげるわけではなく、ほっぽってきてしまうとは、薄情な気がしたのだ。和子も、何度も聴取を受けていたようだし、きっととても疲れているはずなのに。そう、エイやチヨ子のように、何度も。

ふと、思いついた。

「あのう、ひょっとして和子さん、事件が起こった時は、『日光の間』にいました？」

「え？　ああ、あの畳の部屋ですね。ええ、あそこで他の方と楽しく話してたようですよ」

「何かその時のことって、お聞きじゃないですか？　走る人影を見た、とか」

何度も聴取を受けていたエイとチヨ子の共通点は、犯人らしき人物を見た、という点だ。同じく何度も取調室に呼ばれていた和子も、ひょっとして同じ理由ではないか。

藤原は目を丸くして、興味深そうにメイを見た。

「その情報、どこから？」

「エイさん……末岡さんという、あの時同じように『日光の間』にいた利用者の方から聞いたんです。警察にもお話ししてあります」

なるほど、と藤原は腕を組んで少し考えるようなそぶりを見せた。

それから急に笑顔で、「お腹すいてません？」と、自分のすぐ横を指し示した。「よかったら、一緒にラーメンでも」

二人の隣にあった、「ラーメン国王《こくおう》」と書かれた看板が、タイミングよく電飾を点灯させた。


夕食時の店内は混み合っていた。

通勤で毎日ここの前を通ってはいたが、入るのは初めてだ。冷房の効いた店内は肌に心地よく、メイは涼しい空気を一息吸いこんでから店内を見回して空席を探した。そんなに小さな店ではないのだが、空きはほとんど見当たらない。それなりに繁盛《はんじょう》している店のようだ。

ちょうど空いた二つのカウンター席に、メイと藤原は並んで腰を落ち着けた。

「磯って刑事がいたでしょう」注文を済ますなり、藤原はそう切り出した。「覚えてます？」

「近藤刑事の隣で、記録を取ってた方ですね」

「あいつ、実は僕の同級生だったんです」

「えっ。そうだったんですか。すごい偶然」

「本当ですよ。僕も今日久しぶりに再会して、びっくりしました」

メイは、そういえば一度も磯の声を聞いていないことに、初めて思い当たった。

「無愛想なやつでしょう、あいつ」

肯定するのも失礼に思われたが否定するだけの根拠もなく、メイは曖昧《あいまい》な笑顔を作った。

「高校の時からの友人でね。まあ、ここ数年は疎遠になってたんですが」

藤原は目を細めて、息を吐くように笑った。偶然の再会を嬉しく思っているのだろう。

「それはさておき、本題に入りましょう。実はさっきまで、その磯と会ってたんですよ」藤原は表情を真面目なものに戻した。「事件の概要や、重要と思われる証言なんかを聞き出してきたんです」

「そんな簡単に教えてもらえるものなんですか?」

「もちろん普通は、警察は不用意に情報を漏らしたりしません。けどね、僕はあの磯に、大きな貸しがあるんですよ」

いくら大きなといっても、借りがある程度のことで、刑事が殺人事件の情報を関係者にリークするだろうか。少なくとも、藤原自身は犯人や犯行とは何の関係もないと、警察が納得できるだけの証拠でもあるのかもしれない。

とりあえず頷いておいたメイに藤原は頷き返し、顔を少しこちらへ寄せて声を潜めた。

「それでとにかく、なかなか厄介《やっかい》な事件のようなんです」

「厄介？」

「ええ。というのも、犯人と思《おぼ》しき人物を目撃した方たちの証言が、てんでばらばらなんですよ。まず……」

「あの、ちょっと待ってください」黙っていれば延々と続けそうな藤原に、メイはストップをかけた。「なんで、そんなことを私に？　今日初めてお会いしたくらいなのに。第一、もし私が犯人だったらどうするんですか？」

「もちろん、あなたは犯人ではない」

「なぜそう思うの？」

「メイ、という名の人に悪人はいないからです」訝《いぶか》しむメイの視線に耐えられなかったためか、藤原はすぐに付け加えた。「すみません。冗談です」

そこへ注文したラーメンが運ばれてきた。メイは葱味噌《ねぎみそ》ラーメン、藤原はとんこつチャーシュー麵《めん》。

食べる時にどんぶりに入らないよう、メイはセミロングの髪を後ろで一つに束ねた。仕事中は邪魔にならないようきちんとまとめているのだが、仕事が終わったあとにほどいて、そのままにしてあったのだ。

「食べながらでいいですか」

メイが頷くと、まずスープをれんげで一口すすってから藤原は続けた。

「さっき、目撃証言がばらばらだと言いましたね。しかし実は、性別については一致している。犯人が男性というのは、かなり確実性のある情報のようです。どの証言者もそう言っています。ガタイがよかった、半袖から覗く二の腕ががっちりしていた、とね」

例の人物について、おそらく男性だとエイが言っていたことを思い出した。

「でも、がっしりした体格の女性だっているでしょう?」

「今日あずき荘にいた女性で、男性と見まがうほどガタイのいい方がいますか?」

介護に力が必要だとはいえ、メイやハルは細身だし、矢口はがっしりというよりはふっくらしている。女性利用者も、男性と間違えるほどにたくましい人はいない。

「いませんね」

「納得していただけましたか」

それでもなぜ話してくれるのかはわからなかったが、メイもそろそろ、その警察の情報とやらが非常に気になっていた。催促すると、藤原は嬉しそうな顔になった。

「目撃者は全員、事件発生時は『日光の間』にいた人たちです。けど、個人名だけは駄目だと、磯に証言者が誰かは教えてもらえなかった。おまえだって容疑者なんだからなってさ」

「私、さっき末岡さんの名前言っちゃいましたね。藤原さんが犯人の可能性もあるのに」

「そ、そんな、手厳しい」

「私も、冗談です」メイはくすくすと朗らかに笑った。「藤原さんのアリバイ、証言しちゃったし」

「え、そうなんですか」

「ええ。藤原さんはあの時、鈴井さんの声が聞こえる前から確実にリビングにいたって、両刑事にお伝えしました」

「それはどうも、ありがとうございます。ちぇ、磯のやつ。おまえは容疑者なんだぞ、なんて散々脅《おど》しておいて、ちゃんとアリバイ証言があるんじゃないか」

すねたようにちまちまと麺をすする藤原は子供のようで、メイは再び笑った。

「ええと、それで。どこから話そうかな」

「例の、『日光の間』にいた人たちが目撃した人物が犯人なんですか？」

「そう。なぜって、あの時あずき荘の中にいた全員が、そんな行動をとったと供述していない。つまり、走っている姿を目撃された人が犯人で、警察の聴取では嘘の供述をしたってことになります。やましいことがない人間なら、供述でそんな嘘をつく必要もありませんからね」

「あの。先ほど『犯人は男性』とおっしゃった時にも思ったんですが、犯人はあずき荘の関係者の中にいると断定していいんですか？　そのまま走って出ていったということはないでしょうか。『日光の間』を通りすぎて右に曲がれば、すぐに玄関です。それか、どこかの部屋の窓から外へ逃げたのかも。それなら犯人は外部の人間で、ガタイのいい女性という可能性も排除できませんよね」

「内部犯ということも確実だそうです。玄関には警備員がいたし、防犯カメラもついているでしよう？ 各部屋の窓は中から施錠されていたと磯が言っていました。そもそも使用していない部屋は戸も施錠されていますよね。警察が防犯カメラの映像で確認したところ、姫野さんの部屋で大きな音がしたあと警察が到着するまでに、玄関から外へ出たのはたった六人とのことでした。姫野さんの遺体が発見される直前に出た訪問介護の女性職員と、救急車に運びこまれた姫野さん自身、付き添いの女性看護師、それと救急隊員三名です。犯行時あずき荘にいなかった救急隊員はもちろん容疑者から除外。女性である二名も除外。残る一名は被害者である姫野さんです。玄関以外の出口と考えると、リビングの窓から外に出られないことはないでしょうが、あの時リビングには人が大勢いましたからね。そんな怪しげな行動を、誰にも見られていないはずがない。リビングのトイレに窓はありませんし。また、あずき荘内は警察が隅から隅まで捜索し、隠れている人物がいないことは明確になった。よって、内部の人間の犯行ということになるそうです。犯行後、何食わぬ顔をしてリビングにいた人たちの中に紛れたんだろう、というのが警察の見解のようですよ」

長い説明を終えた藤原は、大きく息を吸いこんだ。

「すみません。ビール飲んでいいですか？」

「じゃあ私も」手を上げて店員を呼んだ。「生ビール二つ」

こんな心身ともに疲れた日にはアルコールを飲みたくなるが、藤原が飲みたがらないようだったため、メイも遠慮していたのだ。

藤原は「お疲れさま」と軽くジョッキを持ち上げたあと、豪快に飲んだ。喉が渇いていたのだろう。同じく喉が渇いていたメイも、一気にジョッキの半分以上を空けた。

「強いの?」藤原はメイのジョッキを指さした。

「普通です」

「普通って言う人は大概強いんですよ」

「藤原さんは?」

「普通」にっ、と歯を見せて笑った。「ほんとに、普通。だからメイさんより弱いです」

おかしな人だ、と思った。数分ごとに印象が変わっていく。

もう一口飲んで、冷たいビールが食道に、胃に浸透していく感覚を再び楽しんでから、メイは藤原に質問を投げかけた。

「ばらばらの証言というのは、服の色のこと?」

「どんな情報網をお持ちなんです? 警察に複数の色の証言をした人はいなかったはずだ」

「さっき言った末岡さんから聞いた話では、服の色は赤でした。それと勤務を終えてから同僚に、緑の証言を聞きました」

「赤と緑、か。その二色だけなら、赤緑色盲《せきりょくしきもう》で説明がつきそうなんだけどな」

「セキリョクシキモウ?」

「知りません? 赤と緑が識別しにくい色覚異常のことです」

「ああ、そういえば、小説で読んだことがあります。その二色だけなら、ってことは、まだ他にも違う色の証言が?」

藤原はもったいぶるように一度メイから視線を外し、ラーメンを一口すすり、ビールを飲んだ。主に藤原が喋っているため、ラーメンもビールもメイの方が減りが速い。メイは食べるペースを落とした。

「事件発生時の『日光の間』には、五名の人間がいたらしいんですね」

四名まではメイも把握している。うち二名、エイと先生は自分の記憶から、チヨ子はハルの話から、もう一名の和子は藤原の話からだ。あと一人は誰だろう。

「犯人の服の色は、全員が証言しています。そしてなんと、その五つの証言のすべてで、服の色が違うというわけなんです」

メイは思わずぽかんと口を開いてしまった。今日は驚いてばかりいる。

その反応に気をよくしたらしい藤原は、残っていたビールを勢いよく飲み干し、二杯目を注文した。

「赤と緑だけじゃないんですか」

「赤と緑、それにプラスして、白、黒、青。さすがにここまでばらばらだと、犯人は非常にカラフルな服を着ていたんじゃないかと思いたくなる。けれども、目撃者はそろって、単色の服だったと証言しています。一応病歴も調べたそうなんですが、色覚異常を持つ証言者もいなかったそうです」

理解に苦しむ話だ。メイもジョッキを空け、二杯目を注文した。

「赤と緑についてはメイさんもご存じの通り、曖昧な証言です。なんせ目撃した当人は、聴取の際にはもう何も覚えていませんでしたからね。なのでこの二色については、実際に証言を聞いたメイさんともう一人、このお二人の聞き間違いであるとか、何らかの理由でお二人が偽証しているという可能性も考慮されているようですが、その二色を除外できたとしてもあと三色、白、黒、青が残ってます」

「白と黒って、対照的ですね。少し青みがかった灰色、とか？　それにしたって三色に割れるには無理があるのは承知ですけど」

「メイさん自身が聞いた証言は、のっけから無視ですか」藤原は苦笑した。

「だって。ここに赤なんて加えてしまったら、もうお手上げですよ。私が聞き間違えたんだと思う方が楽です」

百歩譲って青に似ている緑を加えるのはまだ許せても、赤は色の系統が違いすぎる。同じものを見て、そこまで意見がわかれることはないだろう。

二杯目のビールが二つ同時にカウンターに置かれた。さっそく口を付けると、先ほどよりも冷えているように感じる。熱いラーメンを食べたからかもしれない。

「メイさんたちお二人だけじゃなく他の目撃者三名も、もちろん何かしらの理由で嘘をついている可能性はあります。しかしここまで証言が違ってくると、一人ないし二人が嘘をついていたところで、真実が不透明なことに変わりはない。もっと多くの人間が嘘をついているとするなら共犯の疑いも出てくるけど、それならその嘘の内容は統一しておく方がいい。例えば、複数の目撃者が、『犯人は赤い服を着ていた』と証言すれば、異なる証言が多少あったとしても、それは勘違いか何かじゃないか、という判断で警察の捜査も進んでいく、と考えるのが犯人側としても合理的です」

確かにその通りだ。

更に深く掘り下げるなら、赤と緑の証言者は重度の認知症患者である。万一偽証を頼まれたとしても、警察に質問されるまでそのことを覚えていられるだろうか。それを考慮するなら、赤と緑の証言はどちらも事実である可能性が高い。少なくとも、当人は事実だと思って述べたに違いない。

そもそも、認知症患者に偽証を頼むだろうか。偽証の依頼をうっかり警察に話してしまう可能性を考えると、リスクが大きすぎる。

思考が迷子になりそうだったので、ここで一度、犯人の行動を順を追って想像してみることにした。

まず、犯人は「木の間」で姫野を撲殺。その時の音は、メイの知る限りでは鈴井とエイが聞いている。「日光の間」にいたという他四名にも聞こえていたかもしれない。

音を聞いた鈴井が駆けつける前に、犯人は急いで「木の間」から逃走した。

脱衣所から中庭を通って外へ出ることもできるが、浴室を使用している音は廊下にもよく聞こえる。そこから逃げようとは思わなかっただろう。

犯人は玄関から逃走しようとしたのだろうか、それとも、最初からリビングの人の中に紛れこむ計画だったのか。人が殺された直後に姿を消した人物がいれば、ほぼ自動的に容疑者となってしまうだろうし、屋外への逃走はそもそも諦めていたのかもしれない。

そういえば、鈴井が「木の間」の戸をノックしたとき、メイはリビングの入口付近にいた。タイミング的に、「木の間」から逃げてきた犯人と鉢合わせしていてもおかしくない。あの時、廊下から誰かが走ってこなかっただろうか。誰もいなかったように思うが、だとしたら犯人はいったいどこに逃げたのだろう。

あずき荘の間取りを思い出し、リビングの入口に台所があることに思い当たった。犯人は一時的に台所に逃げこみ、呼吸を整えてからリビングの人々に紛れたのかもしれない。台所の入口はリビング側と廊下側にそれぞれあるが、狭い上にどちらにも暖簾がかかっている。中は覗こうと思わない限りよく見えないし、きっとそこに隠れていたのだろう。

そして台所に逃げこむ直前、引き戸が開いた状態になっている「日光の間」の前を通りすぎた際、その室内にいた五人の人物に姿を目撃された。

とはいっても、その時入口には積み上げられた段ボール箱が放置されていたうえに、鴨居からは暖簾がかかっているため、五人に判別できたのは走りすぎた人物の性別と、上半身に着ていた服の色のみだった。

犯人の性別は男。この目撃証言は一致しているとのことだ。

そこで、あの時あずき荘にいた男性を思い出してみる。

まず、職員から。

鈴井夏樹。

歳は四十手前だったと記憶している。独身。私生活についてはあまり話さない性格で、またこちらから突っこんで聞いたこともないため、よくは知らない。仕事は何でもてきぱきと手際よくこなす、メイにとっては頼りになる先輩だ。

鈴井は遺体の第一発見者ではあるが、第一発見者が犯人、ということは実際の事件ではよくあると、テレビで見たことがある。

姫野を殺害し、急いで「木の間」から出て、何食わぬ顔で、「大丈夫ですか?」と戸をノックしたのかもしれない。

そこまで考えて、ふと気がついた。そうなると五人の目撃証言とは合わないのだ。五人の見た犯人は、「日光の間」の前を通りすぎている。メイが鈴井の声で「木の間」の方に目をやった時、「日光の間」より「木の間」に近い場所にいる人間は、犯人ではあり得ない。

次だ。

山上栗之助。

あずき荘一のおちゃらけ男。おちゃらけてはいるが親しみやすくもあり、あずき荘利用者からの人気も高い。ノリがいいハルとコンビを組ませると、手の付けられない暴走台風になってしまうことがある。

今日の山上の担当業務は入浴介助だ。しかしだからといって、ずっと浴室にこもりっきりというわけではない。入浴を終えた利用者をリビングへ連れていったり、その次に入浴する利用者を入浴前にトイレへ連れていったりするのも、入浴担当者の仕事だ。トイレは脱衣所の隣にあるが、リビングにもある。

山上は、昼前にメイと顔を合わせた際、姫野に起こった出来事を何も知らない様子だったが、それは浴室かトイレにいたせいかもしれないし、何も知らない無関係者をよそおう犯人だからかもしれない。

山上には友情すら感じているし、陽気な彼が人殺しをするとも考えられなかったが、この際メイ自身の感情は脇に置くことにした。好意の有無で容疑者から除外するなど、不本意な死を強いられた姫野に対して失礼だと思ったのだ。

認知症のせいで多少手を焼く行動も見られたが、それを抜きにすると、メイは姫野のことを好きだった。日頃の言動から、根本的には穏やかで優しい人間だと感じていた。だからこそ姫野の死は本当に残念に思うし、犯人に対しては憤《いきどお》りを感じている。

閑話休題。

今日あずき荘にいた男性職員は以上。次は利用者だ。

島谷一郎。

週に二回だけ来所する、よく言えば意志が固い、悪く言えば頑固な、いつもむすっとした顔の利用者だ。

名前が、亡くなった姫野と同じ「一郎」であるため、あずき荘の職員もよくそれを話題に、島谷に対して姫野との交流を促してみた。が、同じ「一郎」という名前の人間は子供のころから数えきれないほど周りに存在したらしく、特に親近感を抱くきっかけになるものでもないのだという。

そもそも、昔は今ほど多種多様な名前がある時代ではなく、「一郎」に限らず同じ名前の人間がいたところで特に珍しくもなかった、と島谷は話していた。言われてみれば、あずき荘内でも同名の利用者は珍しくない。一郎の他にも良子《よしこ》が二人、和子が二人いる。

そんな島谷は、今日は朝から普段以上に不機嫌な顔をしていた。家を出る際に、隣の家に住むやかまし屋の老婦人と一戦交《まじ》えてきたのだと、朝、自宅まで車で迎えに行った鈴井が話していた。

事件発生時、島谷がどこにいたのかメイは覚えていない。リビングにいたような気もするし、いなかったような気もする。よって、犯人の可能性はある。

石橋倉夫《いしばしくらお》。

大きな丸眼鏡《まるめがね》をかけた、よく言えば人のいい、悪く言えば気弱な男性だ。石橋は左半身麻痺で、日常生活にかなり支障があり、週五回の来所と、週六回の訪問介護を利用している。

移動は常に車いすで、自走することも極めて困難だ。誰かに車いすを押してもらわないと、ほとんど動くことができない。

つまり石橋には、廊下を走り抜ける、などという芸当は不可能なのだ。石橋は犯人ではない。

今日来所していた男性利用者はもう一人。

松木孝頴《まつきたかひで》。

それなりに名の売れた画家だったらしい彼は、今でもあずき荘でよく色々なものをスケッチしている。

よく言えば落ち着きがあり穏やか、悪く言えば影の薄い存在の彼は、今日もどこにいたのか、まったくメイの記憶に残っていない。来所していたかどうかも定かではなかったが、もし今日の来所を休んでいたなら、さすがに誰か一人くらいは気がついただろう。いくら影が薄いとはいえ。

しかし問題なく来所していたとしても、松木は犯人ではあり得ない。彼は少し前に大腿骨《だいたいこつ》を骨折して手術を受け、現在はリハビリ中だからだ。石橋と同じ理由で、走れない彼は容疑者から外れることになる。

更に今日のあずき荘には、職員、利用者以外にも、男性の客人がいた。

藤原イツキ。

現在、隣に座る男。

藤原和子の孫で、メイと会うのは今日が初めてだ。だというのに、なぜ並んでラーメンを食べているのだろうか。

磯刑事の友人で、これもなぜだかわからないが、殺人犯の解明に積極的。

事件発生時にはリビングにいた彼の姿をメイが見ているため、犯人ではない。

男性の客はもう一人いた。

真田先生の孫。

真面目そうな印象で、メイより何歳か年上に見えた。フルネームは知らない。慌ただしい時間だったことと、メイと話をしかけてすぐに、矢口が彼に声をかけたからだ。

姫野が殺された時間、どこにいたかも知らない。「日光の間」にいた先生と一緒にいたのだろうか。そうなら、目撃証言をした五人のうちの残りの一人かもしれない。

あの時あずき荘にいた男性は、このくらいだろうか。

介護業界は、職員だけでなく利用者も、その大部分を女性が占めている。女性の方が長生きだからということもあるだろうが、配偶者が要介護状態になった場合に自宅で介護をする能力があるかという点において、圧倒的に女性に軍配が上がるせいだろう。妻に何かあった時、家のことに不慣れで、妻の面倒を見ることのできない年配の男性が多いからだ。

「メイさん?」はっと我に返った。

思いのほか長く思考に没頭してしまっていたらしい。ずっと握っていたジョッキの持ち手は完全に体温と同じぬるさになっているし、肝心のビールも泡がほとんど消えてしまっている。

「ごめんなさい。つい考えこんでしまって」

藤原のラーメンもビールもとっくに空になっていたようだ。メイも急いで、ジョッキに残ったビールを喉へと無理やり流しこんだ。中身もぬるくなっていて、もったいないことをした。

最寄り駅へ向かう藤原とは、「ラーメン国王」の前で別れた。

藤原はまだ話し足りないことがある様子だったが、二軒目に誘うほどの仲ではないだろうという良識が顔に出ていた。ごくありきたりな別れの挨拶を交わして、メイは帰途についた。

夜、ベッドにもぐりこんだあとで、メイは改めて容疑者を考えてみた。身体的理由やアリバイの有無の観点から犯行が不可能な人物を消去すると、容疑者リストはこうなる。

山上栗之助（職員）。

島谷一郎（利用者）。

真田先生の孫（客）。

意外と絞れたな、というのがメイの感想だった。たった三人。

これなら、警察はすぐに犯人を逮捕するだろう。犯人の目撃証言がいくらばらばらだったといっても、現場検証や検死の結果から確かな証拠が出てくるはずだ。

メイは寝返りをうち、目をぎゅっと瞑《つむ》った。

犯人は先生の孫であってほしいと、切に願った。山上はハルの次に仲のいい同僚だし、島谷だって癖のある人物とはいえ、いや、だからこそというべきか、非常に親しみを覚えている。

もちろん、本当に先生の孫が犯人ならば、先生がつらい思いをするだろう。それでもメイは、顔なじみの山上や島谷が姫野を殺したとはどうしても考えたくなかった。

暗澹たる思いを振り払うべくもう一度勢いよく寝返りをうつと、枕元のスマートフォンに頭をぶつけてしまった。

そういえば、そもそも姫野を死に至らしめた凶器は何だったのだろう。あの時は、よくある転倒事故だと決めつけてろくに考えもしなかったが、今思い返してみると、転倒による傷だとは考えられない。その道の専門家ではないメイにも、あれは確かに明確な意志で殴られたような痕に思える。

凶器は「木の間」に元々あったものか、姫野の持ちものだろうか。それとも犯人が持参したものだろうか。拳で殴ったのなら当然、犯人や姫野の身体から何らかの証拠が出てくるだろうし、道具を使ったにしても、指紋や入手経路の点から捜査を進めることが可能だろう。所持品検査をおこなってもいたし、妙なものを持っている人物が既に見つかっているということだってあり得る。

事件の早期解決と姫野一郎の冥福を祈りながら、メイは眠りについた。

4

二日後の八月六日、メイがあずき荘へ出勤すると、警察の人間はいまだそこかしこにいた。

「まだ捜査してるんですか？」

タイムカードに打刻するために顔を出した事務室で、書類の整理をしている奥末施設長に声をかけると、彼は困ったように眉を寄せた。

「そうなんだ。業務にも色々と制限が多いし、利用者の家族からは問い合わせの電話が入りっぱなしだし、参ってるよ」

問い合わせだけでなく、ひょっとすると別の施設への転所を願い出ている利用者や家族もいるのではないか。まだ勤続半年にも満たないメイには知らされないだろうが。

奥末施設長も男性だけれど、あの日の午前中はあずき荘の外に出ていたため、容疑者リストには載らない。

ふと気づけば、「殺人事件フィルター」を通してすべての物事を見ているのを、メイは自覚した。

休日である昨日もそうだった。テレビのニュースや新聞で、姫野の事件について何か言及されていないか探すことから始まり、一日中事件のことを考えていた。

こんなに身近なところで殺人事件が起こるなど、平凡な人生においてはまずあり得ない出来事なのだから、興味をそそられるのは人間の性質として仕方ないのかもしれないが。

ちなみに、テレビや新聞での扱われ方は小さなものだった。姫野の事件と同日に、高速道路で大規模な玉突き事故が起こったのと、国会議員の収賄発覚が重なったためだろう。更に今日は広島に原爆が投下された日で、例年この時期は戦争関連のニュースが多い。

今朝の出勤時も報道関係者らしき人間は二人しか見当たらず、その二人もインタビューをしてくるわけでもなく、ちょうど帰るところのようだった。

突如、どたばたと大きな音が聞こえてくる。必死の形相でメイのもとへ走ってきたのは、あずき荘一のはねっ返り者、ハルだ。

「こら、ハルくん。施設内で走ってはいかんよ」

無駄だとはわかっているが、立場上注意くらいはしなければならない、というようなやる気のない表情で、奥末施設長はハルに声をかけた。ハルはちっとも悪びれない顔で「すいませーん」と早口で謝りつつ、メイの腕を引っ張った。

「ちょっと来て、こっち」

「もう始業だよ」

「あと十五分あるから、ね、施設長」

話しかけておいて奥末施設長の返事も待たず、ハルはメイを引っ張ったまま廊下を走り、曜日の間を通り過ぎたところにある中庭へ連れ出した。

「聞いてよ！」ハルは完全に興奮しきっている。

「聞いてるよ」

「今のところ警察に一番疑われてるの、イツキさんなんだって」

耳を疑った。メイの容疑者リストから、藤原は最初の時点で消去されている。

「あ、イツキさんってわかる？　会ったことある？」

「うん、一昨日《おととい》初めて会ったけど……」

困惑する頭で、筋道を立てて考えようと努めた。

メイは確かに、警察に藤原のアリバイを証言したはずだ。藤原とはその日が初対面だったというメイの証言は、見間違いの可能性もあると判断され、信用性が低いと思われたのだろうか。あるいはもしかすると、犯行時刻が間違っていたなどの根本的理由で、メイの証言に価値がなくなった可能性もある。

「なんか、姫じいを殺す動機があるんだって、イツキさん」

「それってまさか、藤原さんの孫、だから？」

実のところ、生前の姫野と藤原和子には多少の確執があった。

認知症の症状の一つに、「もの盗られ妄想」というものがある。見当たらないと感じた自分のものを、誰かに盗まれたと思ってしまう症状だ。姫野にはそれがあった。

その症状の特徴として、盗んだ犯人にいつも同じ人物名が挙げられることが多い。姫野の場合は、あずき荘への来所曜日がまったく一緒である和子を、毎回名指しで糾弾《きゅうだん》していた。

あの女がわしの財布を盗んだ、あの女に老眼鏡を隠された、あの女は泥棒だ。

和子にとっては寝耳に水の話である。和子は、認知症の利用者が多いあずき荘の中で、あまり認知症の症状が出ていない、記憶力や思考力もかなりしっかりしている女性だ。

謂《いわ》れのない非難を受けて毎回落ちこむ和子のためにも、もの盗られ妄想のせいで不穏な言動をとってしまう姫野のためにも、二人をできる限り同じ空間に置かず、互いの視線が合わないように、あずき荘の職員たちは常に尽力していた。

その症状のせいで、和子の孫と姫野のあいだに怨恨《えんこん》のようなものが発生していたのだろうか。

「ううん、そうじゃなくって」ハルは、肩までのボブをふわふわと左右に揺らして否定した。「ていうか、それも関係してるんだけど」

「何それ。どっちなの」

ハルは一瞬だけ口を引き結び、視線を落とした。

「イツキさん、婚約者がいるんだって。で、その婚約者が姫じいの孫なの」

どういうことか、すぐには飲みこみがたかった。当たり前だが姫野と和子は仲がよかったわけでもないし、家族ぐるみの付き合いだったなどという事実も聞いたことがない。

「その二人って……あずき荘由来の付き合いなの？」

「違う違う、たまたまなんだって。たまたま恋仲になった二人の祖父と祖母が、たまたま同じ介護施設を利用してたってだけ。世間は狭いね。で、正式に婚約した時に初めて、姫じいのところにも挨拶に行ったらしいの。そしたらかわいい孫娘の婚約相手が、あのにっくき泥棒女の孫だって発覚して、姫じいはもうカンカンに怒ったのね」

　怒り狂う姫野の姿は目に見えるようだった。

「けど、イツキさんも頑張ったんだって。最近イツキさん、よくあずき荘にいらしてたのは知ってる？」頷いた。「あれって毎回、姫じいに会いに来てたんだって。認めてもらうために、手土産《てみやげ》を持って」

　殊勝なことだ。また新たに、藤原へ抱く印象が追加された。

「でも姫じいは折れなかった。それどころか、『本気であの男と結婚するのなら、孫に遺産はやらん。遺言状を書き換える』って数日前に言い出して、今週中に弁護士を呼ぶ手はずも整えてたらしいの」

　姫野は若いころに運送会社を立ち上げており、一財産を築き上げていた。遺産はそれなりの金額になるらしい。姫野は遺言状を作って孫にも遺産を相続させるつもりでいたようで、その孫娘と結婚すれば遺産はイツキのものでもある。もらえたはずの大金を取り上げられそうになれば、トラブルが生じ、殺人の動機になり得ると警察は判断したのだろう。

　だが、磯刑事は藤原に事件の詳細を漏らしている。それは無実の人間だからということではないのか。

「動機はわかったけど、証拠はあるの？」

「今のところないみたいなんだけど、なんだか事件全体がさっぱりよくわからないらしくてさ。こないだ話したじゃん、犯人の服の色のこと。あれ以外にも犯行に使われた凶器の謎ってやつもあんの。だから物証についてはまだ全然目途もつかない状態みたい。で、そこに動機らしい動機が見つかったもんだから、今はひたすらイツキさん周辺を調べてるんだって」

確かに、さっぱりよくわからない事件ではある。そして、ハルは今、「凶器の謎」と言った。目撃証言以外にも謎があるというのか。

「でも、でもね。一つだけ救いがあって、イツキさんは犯行時刻にアリバイがあるんだって。犯行現場にいなかったことを証言してくれた人がいたって」

メイだ。一応、メイの証言はなかったことになってはいないらしい。

「でもアリバイの証人は一人だけらしいから、共犯説も検討するなら、やっぱり容疑者になっちゃうんだって」

しかし共犯の可能性が低いことは、警察も考慮しているだろう。メイと藤原は本当に一昨日が初対面だったし、いくら調べたところで二人のあいだには何の繋がりも出てこないはずだ。

メイ以外に共犯者がいた場合はその人物が実行犯となるが、それにしたって結局証拠や動機が必要となるし、共犯者がいたのならもう少しまともなアリバイを用意するだろう。

ふと見ると、ハルは両の拳を握りしめ、額には汗を浮かべて力説している。ハルは、なぜこんなにも騒いでいるのだろう。ハルと藤原のあいだには、なんの関係もなかったはずだが。

「……ハル？　まさかとは思うけどあなた、そのイツキさんと」

そこまで言ったところで、両手で口をふさがれた。

「滅多《めった》なこと言わないで。イツキさん、婚約中なんだから。破談になったらどうしてくれんの」

ハルは小声かつ早口でそう言って、メイの顔に自身の顔面を寄せ、凄んでみせた。声が出せないためこくこくと頷くと、ハルは手を退《ど》けた。

口が自由になったあとも無言で見つめていると、ハルはメイの視線から逃れるように横を向いた。息を吐くと同時に言葉を発する。

「違うよ。別に、何もない。私が一方的に、ちょっといいなって思ってただけ。今まで周りにいないタイプだったから、なんとなく気になって。優しそうだしさ。それに、独身って聞いてたから」聞き取れないほど小さな声が続く。「婚約してるなんて知らなかったし」

わからないでもない。確かに藤原のようなユニークな人間は、探したところで見つからなそうだ。

しかし、ハルのタイプだったとは意外だった。脳内で二人を隣に並べてみると、なんとなく衝突してしまいそうな気さえする。

「諦めちゃっていいの」

「諦めるも何も」ハルは肩をすくめた。「ほんとに、そこまで本気じゃないんだって。私だって、初めてイツキさんに会ったのは一、二ヶ月前くらいだし、そんなに何度も会ってるわけでもないし、よく話してるってわけでも、ないし」

藤原とラーメン屋に入ったことは言わずにおくことにした。

「って、そんなことはどうでもいいんだってば。とにかく、私はイツキさんをいい人だと思ってるわけ。だから結婚もうまくいってほしいし、殺人の容疑なんてかけられる人じゃないって思ってんの」

「わかった。それで、それだけ？　もうほんとに始業時間だよ」

「あーもう、わかってないなあ。つまり、頼んでんの。わかる？　一緒に、イツキさんにかかってる疑いを晴らしてよって言ってんの！」

もちろん、ハルはそんなこと一言も言っていない。

けれど、その乱暴な言い方がハル特有の照れ隠しであることは、メイには容易に推察できた。

「無下に断ったりはしないけどさ。でも実際問題、無理じゃないかな。だって、警察が調べてるんだよ。捜査のプロがちゃんと調べてるんだから、私たち素人《しろうと》がちょっと探ったところで、新しいものは何も出てこないんじゃない」

「断らないって言ったね、今」

言質《げんち》を取った、とばかりにハルは目を輝かせてガッツポーズした。

「言ったけど、その続き聞いてた？」

「聞いてた聞いてた。ともあれ、そろそろ仕事を始めなきゃ。話はまたあとでね。調査の件、約束だからね」

スキップする勢いで中庭を去っていくハルを、メイは呆れて見送った。

くるくるとすぐに表情が変わるところは、藤原と似ていると思った。二人が一緒にいると、すごく騒がしいことになりそうだ。そんな藤原の婚約者というのはどんな人なのだろう。

ハルの要請があったからではないが、午前中は主にリビングで、仕事の合間に情報収集に励んだ。

まず、犯人を目撃した五人のうち、残りの一人が誰かを知りたかった。先生なら覚えているだろうか。

都合よく、先生は一人で窓から外を眺めていた。園芸が趣味である先生は、よくそうして庭を眺めている。「やっぱり、お花っていいわよねえ」というのが、先生の口ぐせだ。

メイが挨拶すると笑顔で振り向き、「メイちゃん」と嬉しそうな声音で返してくれた。先生に好かれている自信はある。他の職員と比べてみても、言動から先生が一番親しみを感じているのは自分ではないか、という自負があった。もっとも、先生自身が、誰にでもそう思わせるタイプ、というだけのことかもしれないが。

「わあ。ひまわりがきれいに咲いてる」

「そうなの。やっぱり、お花っていいわよねえ」

いつもの言葉に、思わず笑顔になる。まだまだ先の話だが、将来は先生のように、常に笑顔を絶やさない老女になりたいものだ。

「あの、ピンク色の花は何という名前ですか？　鉢植えの」

「ああ、あれはサフィニアというの。とても暑さに強い花でね」

「そうなんですね。夏は緑が多くなるから、ああいうパッとした鮮《あざ》やかな色が少しでもあると、気分も明るくなりますね」

「本当にね。やっぱり、お花っていいわよねえ」

図らずも、ちょうど色の話題に持っていくことができた。周囲を確認すると、ちょうど警官も近くにいない。


「色といえば……先生、先日の事件で、犯人の服の色を見たんですってね」

少し唐突すぎるかとも思ったが、先生は不審がることなく静かに頷いた。彼女も認知症の記憶障害はあるが、印象に残った出来事はわりにしっかりと覚えていることが多い。

「姫野さんのことは本当にお気の毒でした。早く犯人が捕まるといいんだけどねえ」

「警察も尽力しているみたいですけど、なかなか捜査の方もうまくいってないみたいですね」

「あら、そうなの？　あの日に黒い服を着ていた人さえ探せばすぐだと思っていたのだけど」

「先生が見た人は、黒い服を着てたんですか？」

「ええ、そうよ」自信たっぷりに頷いた。「真っ黒の服だったわ。夏に黒なんて着たら、熱を集めて暑くなるのに、って思ったからよく覚えてるのよ」ちらりと目をやったのはメイの着ているTシャツだ。「今日のメイちゃんみたいな、爽やかで薄い色がいいわよ、夏は」今日のメイは薄い水色のTシャツを着ている。

あずき荘職員には、元々制服として赤茶色のポロシャツとベージュのチノパンが支給されている。しかし全員が同じ服を着ていると、職員の区別がつかずに混乱する利用者がいるらしい。そのため各々《おのおの》自前の服を着始めて、今では制服を着ているのは奥末施設長だけになっている。

「そうだ、メイちゃんが事件を解決しちゃったらどうかしら？　推理小説が好きって、言ってたわよねえ」

「そうしちゃおうかな」

二人は顔を見合わせて笑い合った。

ともかく、これでまずは「黒」の証言者が判明した。あとは「白」と「青」だ。

「黒い服の人を見た時、エイさんとおチヨさんも一緒に『日光の間』にいたんですよね」

「ええ。あと、藤原さんもね。よく四人で『女子会』をするの、あそこで。メイちゃん、知ってた？　女性同士の会合のことを、『女子会』というらしいのよ。藤原さんが教えてくれたの」

「女子会！　いいなあ、今度はぜひ私も交ぜてくださいよ」

先生が嬉しそうに、「メイちゃんなら歓迎するわ」と微笑《ほほえ》んだところで、今日の入浴担当者のハルが先生を呼びにきた。まだもう一人の目撃者が誰かを聞けていない。

ハルの要請で調査しているというのに、そのハル自身がいいところで邪魔をしにくるとは、皮肉なものである。とはいっても入浴介助は午前中に終わらせるのが基本で、ハルも午後は別の業務が割り当てられている。入浴が午後にずれこむと、全てのスケジュールが狂ってしまうのだ。

そのため、メイは文句も言わずハルに先生を引き渡した。

それからは、こまごまとした雑務をこなしながら、藤原和子との対話の機会をうかがった。和子は話好きな女性だ。大抵いつも誰かとお喋りを楽しんでいるため、なかなか機会がない。今日は吉松《よしまつ》という女性利用者と、化粧品の話で盛り上がっているようだった。

仕事をしながら和子に注意を配り、ようやく一人になった、と思えば警官が近くにいて話せず、もどかしい。探偵の真似事をしているのがばれたら、きっと厳しく注意されるだろう。

ようやくチャンスが来たのは、昼近くになってからだった。

「メイちゃん、ちょっと背中に湿布貼ってくれるかしら」

和子の方から話しかけてきた。手には湿布がある。よく背中が痛くなる和子は、常に家から湿布を持ってきているのだ。

「いつものあたり？」

メイは快《こころよ》く了承して、和子を「月の間」へと連れていった。

リビングから持ちこんだいすに和子を座らせ、花柄のシャツをたくし上げながらメイは後ろから声をかけた。

「ええ、お願い。まったく、すぐに背中が痛くなるんだから、ほんとにもう。まるでおばあさんになった気分だわ」

和子お得意の冗談だ。

「私も、こうして藤原さんに湿布を貼っていると、まるで自分が介護職になった気分になってくるわあ」

和子は声を上げて笑った。「ユーモアのセンスがあるわね、メイちゃん」

「ユーモアのセンスあふれる藤原さんがそうおっしゃるなら、そうかもしれません」

和子は更に笑った。笑い過ぎて背中が痛んだのか、変にかがんだ姿勢で笑っている。

湿布を貼り終えたメイは、和子の服を整えて、湿布のフィルムを集めながら笑顔を向けた。

「そういえば先日、お孫さんに初めて会いましたよ。イツキさん。優しそうな方ですね」

「ああ、あの子」

和子は顔をほころばせた。以前、「孫はとても頭がよくて運動もできるのよ」と、誇らしげに話していたことがある。和子には孫が一人しかいないらしく、それで余計にかわいく思うのだろう。

「優しいのは確かだけど、どこか頼りない雰囲気でしょう」

「最近は、ああいう男性が人気なんですよ。そうだ、近々結婚されるんですってね」

明るかった和子の表情が、さっと曇《くも》った。

「すぐにじゃないの。延期しようってことになったのよ」言ってから、余計なことを喋ってしまったと思ったらしい。急いで付け加えた。「いえね、何か問題があるわけじゃなくて、タイミングの話でね。相手の女の子も働いているから、休みだとか手続きだとか色々あるみたいで」

相づちを打ちながら、メイは話の持っていき方を失敗したと感じていた。

和子は何色だと証言したのか、「日光の間」にいたもう一人とはいったい誰なのか、その二点は必ず聞きたいことだった。しかし、この時点で姫野の事件へと話を持っていくと、メイが藤原家と姫野家の関係を知っているのではないかと勘繰られないだろうか。

知っている、とこちらから明かしてもいいかもしれないが、のちのちのことを考えれば、こういった調査はきっと手の内を見せずにおこなう方がいいはずだ。それに、今の和子の口ぶりからすると、トラブルはあまり公《おおやけ》にしたくないのだろうと感じられる。

「手続きといえば、姫野さんの事件も大変らしいわね。社長さん、こないだからずっと、電話したり警察と話したり、忙しそうにしてるじゃない」

どうしようかと策を練っていたところ、和子から話を振ってきてくれて助かった。

利用者は全員、奥末施設長のことを、「社長」と呼ぶ。厳密には奥末施設長は社長ではないらしいのだが、メイもそういった経営関係の詳しいことは知らない。奥末施設長自身も、「社長」と呼ばれて悪い気はしないのか、特に訂正することなく応答している。

「社長も忙しそうだし、こんなに警察の人がたくさんいると、あまり落ち着かないですよねえ。藤原さんも困ってることがあったら言ってくださいよ」

「あら。私は結構楽しんでるわよ。警察の事情聴取なんて、この歳になってから受けられるとは思ってもみなかったし」

楽しそうに和子は語った。

殺されたのが複雑な関係にある姫野だったためか、先ほどは陰りを帯びた表情も見せていた。が、考えてみると、話好きの和子にとっては、身近で起きた殺人事件など格好の話題であるはずだ。もしくは、あまり深刻なムードにならないよう気を遣ってくれているのかもしれない。

もちろん和子は、自分の孫が最有力の容疑者になっていることは知らないのだろう。しっかりした証拠が見つかるまでは、警察も公にはしないはずだ。

そう考えると、ハルはいったいどこからそんな情報を手に入れてきたのだろうか。気にはなったがその疑問はさて置いて、和子との話に意識を戻した。

「そういえば藤原さん、犯人を目撃したんですって？　風の噂でお聞きしましたよ」

風の噂、とは便利な言葉だ。

「そうなのよ。私の証言、役に立ってるのかしら？」

「もちろん、そう思いますよ。すごいことですよ、藤原さんの証言から殺人犯が逮捕されるかもしれないんだから。犯人って、どんなやつだったんですか」

それがね、と前置きしてから和子は声を落とした。

「『日光の間』って、暖簾がかかってるでしょう。それで、顔はわからなかったのよ。ただ、走り方や体つきから、男の人だっていうのは判別できたのね。それと、白い服を着ていたわ。真っ白で、無地のシャツね」

和子は、「白」の証言者だった。残るは青のみだ。

「けどねえ、おっかしいのよ。その時、隣に真田さんもいたんだけど、彼女、通りすぎていったその人を見て、『あら、真っ黒な服ね』って言ったの」

その言葉に、メイは興味を惹かれた。目撃者たちは、それぞれの意見交換などしていないと思っていたのだ。

「それを聞いて、当然だけど、他の方々も『何言ってるの』って感じで彼女の顔を見たの。ああ、その時一緒にいたのはね、私、真田さん、エイさん、おチヨさんの四人よ。四人で、女子会していたの」

くりくりした目で、和子は茶目っけたっぷりにこちらを見た。どうやら和子は、「女子会」という言葉の、元々の使われ方を知っていたようだ。

しかし、女子会をしていたのは四人だ。もう一人の目撃者はいったいどこにいたのだろう。

「そうしたらね、島谷さんが急に怒り出したの」急に新しい名前が出てきた。頑固老人の島谷一郎だ。

「島谷さん？　彼も、その……『女子会』に？」

「まさか」和子はけらけらと笑った。「私たち四人が女子会していたらね、お風呂上りの島谷さんが、リビングに戻ろうとして『日光の間』の前の廊下を通ったの。そしたら、島谷さんと一緒に歩いてた山上くんがね、ちょうどその角のところで、警備員さんから宅配便の段ボールを渡されたのね。何が入っていたのか知らないけどすごく重そうで、宅配業者さんの大きな台車にぎっしり載っていたの。でもその台車、すぐに返さなくちゃいけなかったみたいでね。山上くんはとりあえず、段ボールを受け取るそばから床に置いて、けど廊下だと邪魔になるって考えたのかしらね。『日光の間』に押しこむような形で置いたの。あの部屋っていつも引き戸が開いたままだし、ちょうどよかったんでしょうね。そこからが傑作なんだけど、山上くんは島谷さんとのあいだにその段ボール箱を置いたせいで、島谷さんは『日光の間』から出られなくなったのよ」

思い出してもおかしいらしく、和子は笑いをこらえながら語る。

「もちろん、最初はすぐに退けるつもりで置いたと思うんだけど、その時、お風呂の方から鈴井くんの声が聞こえてきたのね。『山上くん、なんかじゃぶじゃぶ聞こえるけど。お湯出しっぱなしじゃないか？』って。それで山上くん、『あっ』って叫んで、段ボール箱はそのままに飛んでいっちゃって、はてさて、これにて密室の完成、よ」

その場面を想像して、メイも声を上げて笑った。島谷には悪いが、確かに傑作だ。

「それでね、島谷さんも最初は箱を動かそうと頑張ってたんだけど、若い山上くんでも一苦労するほどの重量よ。しかも箱はいくつも積み重なってるし。すぐに諦めたんだけど、テーブルでは私たちが女子会してるでしょう。気まずかったみたいで、部屋の隅の方のソファに座ってそっぽ向いて、むすっとしてたの。あの日ここへ来た時からずっと、あの人機嫌悪かったでしょ？ だから余計に黙りこくってたんでしょうけど」

そうだ、あの日島谷は、隣に住む老婦人と喧嘩《けんか》してから来所していたのだった。

「私たちは普通に女子会を続けて、そのあと大きな音がして、誰かが廊下を走りすぎて、真田さんが『真っ黒な服ね』って言って、みんながそれに変な顔をして。で、話は戻るんだけど、島谷さんが、『何言ってるんだ』って、急に立ち上がって怒り出したのよ。『どう見ても青じゃねえか、目ぇおかしいんじゃねえか』ってね」

ここへきてようやく、「青」の証言者が判明。それと同時に、容疑者リストから島谷の名を消せてほっとした。

ちなみに、昨日一日中考えていただけあって、容疑者リストには変更が生じている。

まず、鈴井の名前が復活した。

犯人は「日光の間」の前を通りすぎているため、犯行発覚時に「日光の間」より犯行現場に近いところにいた鈴井には犯行が不可能、という理由で一時は除外していたのだが、「日光の間」

の入口には段ボール箱が積み上げられていたのだ。一度走って「日光の間」の前を通りすぎてから、しゃがんで廊下を這うように戻れば、積まれた段ボール箱に隠れて、戻る姿は室内の五人には見えないだろう。箱に多少隙間があったところで、室内にいたのは全員が介護施設に通う高齢者だ。目が悪く、見えなくても無理はない。

今の和子の話を聞いていると、おそらく山上もリビング側ではなく犯行現場側にいたと思われるが、鈴井の場合と同じ手口で犯行は可能である。

それともう一人。あの時あずき荘にいた男性を忘れていた。警備員だ。

防犯カメラは警備員詰所の前にあるが、玄関の方を向いているため警備員詰所の入口や中は映っていない。カメラに映らないよう詰所を出入りすることも可能である。つまり警備員だって立派な容疑者なのだ。

あずき荘に勤務する警備員は三人いるが、一昨日勤務についていたのは庄山《しょうやま》操《みさお》という老年の男性だ。私服でいたら利用者と間違われてしまいそうなくらい、顔はしわだらけで、頭髪も真っ白。いつも笑顔で、「気のいいおじいさん」タイプの男である。

一応「警備員」として雇われているが、年齢のせいもあって「警備員」としての仕事はあまりできず、その実、雑用係のようになってしまっている。一昨日も、切れた電球を新しいものに交換してくれたらしい。ちょうど「日光の間」を出てすぐの廊下にある照明だ。

現時点ではメイの作成した容疑者リストはこうなっている。

鈴井夏樹（職員）。

山上栗之助（職員）。

真田先生の孫（客）。

庄山操（警備員）。

先ほど先生と話した際、ついでに先生の孫の名前を聞いておけばよかったと思った。メイに限らず、利用者の家族の名前までは知らない職員が多い。大抵、「息子さん」、「娘さん」、「お孫さん」で会話できてしまうからだ。介護記録にすら、「長女様とご面会」なんて書いてあるくらいである。

「私に言わせれば、真田さんも島谷さんもどちらもおかしいんだけどね。だって、その人の着ていた服は白かったんだから。白よ、白、真っ白。ホワイトね。まあその時は、余計な波風を立ててもいけないと思って黙っていたけど。島谷さんの機嫌も悪かったし」

和子はその後も強調するように、白、白、と繰り返していた。


食事は、近所の仕出し屋から配達されるものを、昼は利用者と職員が同じテーブルで一緒に食べる。食事が終われば、職員は順番に休憩に入る。メイは奥末施設長にかけあって、ハルと同じ時間帯に休憩をもらった。

休憩室はリビングから遠く、引き戸をしっかり閉めると声はほとんど外へ聞こえない。

「朝言ってた、凶器の謎ってなんなの？」

顔を合わせるなりそう切り出したメイを、ハルは満足そうな顔で眺めた。

「うむうむ、やる気だね。いいよいいよ」

「そういうの、いいから。早く言いなさいよ。休憩時間終わっちゃう」

休憩時間は始まったところだが、どうもこの事件は気が急《せ》いてしまう。警察に我がもの顔であずき荘の中をうろつかれることに、いい加減、嫌気がさしているのだ。午前中、警察の目を避けることに神経をすり減らしたせいもある。さっさと解決してとっとと出ていってほしい、というのが本音だった。もっとも、警察も似たような気持ちでいるのだろうが。

「凶器ね。はいはい。あれよ。凶器、見つかってないの」

「なんだ。謎なんてご大層な言い方して、わりにありがちな話」

「まあね。必要以上に誇張した言い回しで、メイの興味をあおったのは認める」

ハルは正直に認めた。

「だってメイって一見素直そうなのに、ひねくれて頑固なとこあるでしょ？　普通に頼んでも断られそうだなって思って」

思い当たる節があり、何も言い返せない。人の話を大抵は素直に受け入れられるのだが、たまに納得のいかないことがあるとスイッチが入り、島谷ばりの頑固さを発揮したりする。メイが言い返さないのを見て、ハルは満足したように頷いた。

「けど本当に、謎であることは確かなんだよ。姫じいの亡くなった『木の間』どころか、あずき荘のどこからも凶器が見つからない。事情聴取の時と、勤務後にあずき荘を出た時にも所持品検査されたでしょ？　今日出勤した時も。事件以降、あずき荘を出入りする人間はみんな、持ちものを確認されてるんだよ。訪問介護に出る時にすら、いちいち！　それなのにどこにもないの、姫じいを殺した鈍器が」

　ありがちな話、なんて言ってしまったが、小説やテレビドラマなどのフィクションで「凶器喪失」がよくある要素だというだけだ。実際の殺人事件では、きっと滅多にない事態なのだろう。

　ミステリ好きの血が騒ぎ出す。フィクションで、「凶器喪失」の真相といえば、やはりあれだ。

「ね、ね。大きな氷で殴った、なんてのは？」

「ミステリの読みすぎ」ハルは白けた目でメイを見た。「ないない。事件発生直後に現場にみんなが駆けつけたわけでしょ？　凶器が氷なら、何か痕跡があったんじゃないの。犯人が持ち去ったにしても、小さな氷の破片とか、水滴とか」

「救急隊員の汗は落ちてたけど、救急車が来る前はなかったかなあ。でも、直後に駆けつけた、っていっても、部屋の中に入ったのは鈴井さんと矢口さんの二人だけだよ。私も戸口から見た限りでは何もなかったようには思うけど、警察じゃないんだから、多少の痕跡があったところで気づきっこないよ」

「そうだとしても、だよ。あの日、あずき荘の冷凍庫にはそんな変なものなかったじゃん」

「そうなの？」

「そうだよ。矢口さんが言ってた。あの人、氷食べるの好きでしょ？　事件の日もたびたび冷凍庫から氷つまんでたらしいんだけど、冷凍庫内はいつも通り小さい氷だけで、それに急激に数が減ってたなんてこともないって」

「それ、わざわざ矢口さんに聞いたの？……ってことは、ハルも『凶器は氷かも』って思ったんじゃん」

「うっ」

「人には『ミステリの読みすぎ』なんて言っておいて」

「と、とにかく、氷で殺したんならその氷は犯人が持参したってことになる。外は灼熱《しゃくねつ》地獄で氷なんかすぐに融《と》けちゃうし、殺害の直前にあずき荘に来た人なんかいなかったよね。そうそう、突っこまれる前に言っておくと、あの宅配便の箱も洗濯洗剤やアルコール除菌液がぱんぱんに入ってたからね。だからもし氷が凶器なら当然、犯人は氷が融けないように保存容器を持っていたはず。けど、そんなものを持っている人がいたら、警察がとっくに嫌疑をかけているはずじゃない？」

「かけてるかもしれないよ、私たちが知らないだけで」

「かけてないの、ほんとに」

ここでメイは、先ほどの疑問を聞いてみることにした。

「なんでハルは、そんなに内部情報に詳しいの？　イツキさんが疑われてるのだって、公にはされてないでしょ？」

「あー、まあ、うん」

歯切れの悪い返事をよこして、ハルはインスタントのコーヒーを一口飲んだ。メイも同じようにマグカップを口へ運んで、薄すぎるコーヒーをすすった。職員用に置いてあるインスタントコーヒーの缶の中には、カッププリンなどを食べる用の小さいスプーンが入れてあり、お湯二百ミリリットルにつきそのスプーン一杯しか入れてはいけない決まりになっている。経費削減とはいえ、しみったれた話だ。ここへ来て短いメイには、あずき荘の経営状況がわからないが、奥末施設長の口癖は「節約、節約！」である。

「実は、さ。今回の事件を捜査してる刑事と、ちょっとしたコネがあるんだよね。そのコネで少しだけ捜査状況を教えてもらえるの。秘密にしてよ、このこと。絶対ないしょなんだから」

「コネ？」

「近藤って刑事。事情聴取されたんじゃない？」

近藤しかり磯しかり、この事件の担当刑事は外部に情報を漏らすことを気にしないらしい。警察というものは思ったよりも緩い組織なのだろうかと、真面目な警官が聞けば憤慨《ふんがい》しそうな感想すら抱いてしまう。

「どういうコネなの」

「まあ、それはいいじゃん。事件とは関係ないし。それより、午前中も順調に調査していたようだね、メイ探偵？　うわ、メイ探偵って、探偵の名前として完璧じゃん。いよっ、名探偵！」

強引な話題転換だったが、ハルが言いたがらないものをわざわざ聞き出す必要もないだろう。逆に、こちらからも同じことを言いやすくなった。

「私もさ、実はちょっとしたコネみたいなのあるんだ。磯刑事の方なんだけどね。多少の情報は聞いた」

そう前置きして、メイは今まで手に入れた情報と、自分の推理をざっと説明した。

「ちょっと待って、メモ取るから」

ハルは、介護事故報告書の用紙を裏返しにして、ボールペンを雑に滑らせた。

容疑者リスト
・鈴井さん（青）
・山ちゃん（赤）
・先生の孫（緑）
・警備の操ちゃん（青）

「なんなの、このカッコの中」

「事件の日に着てた服の色に決まってんでしょ」

「よく覚えてるね」

あまりにも証言がばらばらすぎて、実際に誰が何色の服を着ていたかを考えるのを、すっかり失念していた。ハルは、「覚えてないよ。近藤刑事に聞いた」と涼しい顔で答えた。

「青が二人だね」

「そして、白と黒はいない」

「藤原さんと先生の証言は間違ってるってこと？」

「そうとも限んないよ。五つの証言全部が間違ってんのかもしれないし。もしくは、メイ探偵の推理が間違ってて、容疑者リストにいない人が犯人かも」

ハルは、ついでに証言リストも作成した。

証言リスト
・おチヨさん（緑）
・エイさん（赤）
・先生（黒）
・藤原さん（白）
・島谷のおっちゃん（青）

二人は同時に腕を組んで、二枚のリストとにらめっこした。推理のとっかかりがまったくつかめない。

「容疑者の中で、他にアリバイがある人はいないの？　イツキさんみたいに、他の人の証言か何かで」

「私も、あの人から……近藤さんから、何もかも聞けるわけじゃないんだけど。あの時間ってやっぱりばたばたしてるし、他人のアリバイを確実に証言できた人は少なかったみたい。それにここって、いつも同じ利用者や同じ職員が同じことをしてるわけでしょ？　『あの人はここにいてあれをしてたような気がする』って思ったとしても、それが今日のことなのか昨日のことなのか、私たちでも時々わかんなくなったりしない？」

メイは大きく頷いた。まだ二十代なかばとはいえ、学生時代に比べると、物忘れが多くなったり集中力が続かなかったり、少しずつではあるが脳の衰えを感じている。あずき荘でそんなことを言うと利用者たちに大笑いされるのだが、それでも、以前より脳の処理能力が落ちていることを自覚している。

「やっぱりこれ以上は容疑者の人数を減らせないか」

「色の証言にしても、行き詰まった感あるよね。ていうか、どうせ警察でもこの色の証言って重要視されてないみたいだし」

「えっ、そうなの？」

「うん。あまりにもバラバラだし、『証言者はボケ老人だから適当なこと言ってても仕方ない』って、警察の捜査会議で上の人に言われたみたい」

「何それ、ひどい」

とは言ったものの、警察の考えもわからないではない。メイやハルはここで働いているものだから、証言者の人となりや認知症の進行具合も知っているし、それらの証言が決して嘘や妄想ではないと信ずるに足る根拠がある。だが、警察にとって高齢の証言者は「ボケ老人」扱いなのだ。悔しい。

「で、さっそく調査は難航してるわけだけど、次はどう動く？　メイ探偵」

「その呼び方やめてよ」

「いいじゃん、メイ探偵。気に入ったな」

「せめて人前ではやめてよ。恥ずかしいんだから」

釘を刺してはおいたが、おそらく無意味だろう。にんまりと笑う顔つきで一目瞭然《いちもくりようぜん》だ。

「ともあれ、目的はイツキさんの疑いを晴らすことなんだよね」

「うん、個人的にはね。最悪、真犯人は見つからなくてもいいや。気にはなるけど」

「イツキさんが疑われている理由としては、アリバイも霞《かす》むほどの強烈な動機。それなら、他にも動機がある人を探せばいいんじゃない？　せめてもう一人、有力な動機を持つ人物が現れて、しかもその人がもし、はっきりとしたアリバイを持ってなかったら？　疑いの度合い的にはそっちが強いことになる」

「なるほどね。その動機が弱めだったとしても、少なくとも次の手を打つまでの時間稼ぎにはなりそう。よし、その手でいこう！」

ハルは気合いを入れて立ち上がった。

まさか、今から調査を始めようというのだろうか。冗談じゃない、勤務中の休憩時間くらいは目いっぱい休憩したい。頭はちっとも休まっていなかったが。

「問題はさ、私たちが調べてわかる程度の動機なら、警察もたどり着いてるだろうってとこだよね」

何とか体だけでも休めたい一心で、メイは急いで言葉を投げかけた。

「いんや、犯行現場で働いてる人間だからこそ気づく動機、みたいなのがきっとあるよ」

ハルはマグカップのコーヒーを一息で飲みきり、口元をティッシュで拭いた。そのあいだにメイは、他に議論することでもないかと頭を働かせる。

「待って、ちなみにだけど、イツキさんってあの日何色の服着てたっけ？」

「知らないよ。イツキさんが犯人って思ってないから、近藤さんにも聞いてない。私はあの日、訪問介護担当だったし。すれ違う時に挨拶くらいしたけど、覚えてないなあ。メイの方が覚えてんじゃないの」

「そ、そう。ああ、そういえば緑っぽい服だった、かな」

ふうん、と興味なさそうに鼻を鳴らして、ハルは容疑者と証言のリストを書いた紙を畳んでズボンのポケットに入れた。

「あ、それ。それに書かなくていいの、イツキさんの名前」

「あのねえ。何のために調査するって思ってんの？　私たちがイツキさんの無実を信じてなきゃ、調査自体意味ないでしょうが」

言いながら、口を拭いたティッシュをごみ箱に投げ入れた。ハルの体はもう、休憩室の戸に向きつつある。

「あのさ、あのさあ、ハル。ハルは午後の担当業務、なんだっけ？」

「レクリエーション担当だよ。今日は何しよっかなあ。無難に玉入れかな。メイは訪問でしょ？外に出ちゃうと調査活動はできないから、今のうちにやっとかなきゃね」

やはり、ハルはこの時間を使って調査しようという腹積もりだったようだ。

結局メイは、「今後の調査スケジュールを立てる」という、極めて苦しい言いわけを振りかざし、かろうじて休憩時間中の調査を免《まぬが》れたが、ハルは一人で意気揚々《いきようよう》と休憩室を出ていった。

警官から、お決まりの身体検査、所持品検査を受けてから、メイは訪問介護で四軒の家を自転車で回った。

本来は三軒しか予定のない日なのだが、現在はリハビリ中の松木宅への訪問も追加されている。

しかし、今日の四軒は仕事の内容的にはとても楽だ。

問題なく暮らせているか様子を見たり、昼食後の薬をきちんと忘れずに服薬できているかを確認したり、ちょっとした掃除をするくらいのものである。リハビリ中の松木の場合だって、近くの弁当屋まで夕食の買いものに行く付き添いをするだけだ。松木はゆっくり歩行器を押して、時折休みながらも自力で歩いていくため、ふらついたりしない限りはこちらの身体にも負担はかからない。

ただ、あずき荘から自転車で行くには少し距離のある家が多くて、移動に時間がかかる。自転車に乗っている時間で、午後の勤務時間の大半を使ってしまうのだ。特にこの季節は、直射日光に体が参ってしまいそうになる。帽子と日焼け止めクリームは必需品だ。

暑さを忘れるためにも、移動時間を使って本当に調査スケジュールを立てた。

今日は、あずき荘に戻る時間にはほとんどの利用者が帰宅してしまっているため、まともな調査はできそうにない。しかし明日のシフトは、それなりに自由に動けそうな業務内容だ。調査に本腰を入れるのは明日からにしようと決めると気が楽になって、メイは炎天下にもかかわらず鼻歌まじりにペダルをこいだ。

訪問介護サービスのみを利用している二軒の家を訪ねたあと、三軒目は元画家である松木の家だった。

家へ到着すると、彼はすでに玄関でメイを待っていた。

「ごめんなさい、遅れちゃいましたかしら」

少し早いくらいだと知ってはいたが、メイは心の底から申し訳なさそうにして謝った。「足が痛むのに、お待たせしてすみません」

「いえいえ、こちらこそ毎日人をよこしてもらって申し訳ないことです。この足じゃ玄関まで出てくるのに時間がかかりますからね、ここで待っている方がご迷惑にならないかと思って、早めに準備していたんですよ。けれども、逆に気を遣わせてしまったね、本当に、すみません」

松木は、非常に腰が低い。こちらもできる限り下手《したて》に出ておかないと、なんとなく自分がふんぞり返っている気分になってしまうのだ。

二人でゆっくりと、弁当屋へ向かって歩いた。ぽつぽつと他愛のない話をしながら少しずつ足を進める、この時間がメイは好きだった。せわしない日々の中で、しみじみと安らぎを感じる。

このあたりは歩道も道幅が広く、ふらつきながら歩行器を押す松木と並んで歩いていても、他の通行者の邪魔にはならない。もちろん車いすでも三台は優に並べるだろう。歩道の両脇にはイチョウの木が植えられていて、過酷な直射日光の大部分を遮《さえぎ》ってくれる。高齢者向きの町だ。

「姫野さんの事件はどうなりましたか」

弁当屋へたどり着くまでに、松木は大抵どこかに座って二度休憩を入れる。そう聞かれたのは、歩道脇のベンチでの二度目の休憩の時だった。

「そういえば、松木さんも事件の日に来所されてましたね」

記憶が曖昧だったため確信のないままそう言ったが、当たりだったようだ。松木は静かに頷いた。

「それが、まだ解決していないみたいなんですよ。あずき荘は今も警官がうじゃうじゃいます。今日あずき荘を出る時も、持ちもの検査を受けてきたんですよ」

大げさに目を見開いて語るメイに、松木は穏やかに微笑んだ。

「姫野さんは、もの知りで親切なお方でした。私にもよく話しかけてくださった。本当に残念です」

松木は薄いポロシャツの胸ポケットから取り出したハンカチで額の汗を拭い、目を細めて空を見上げた。日陰を作っているイチョウの枝が、風に弱くざわめいている。

メイも倣って、枝の隙間から見える空に目を向けた。

もの知りで親切。事実、そうだった。もの盗られ妄想さえなければ、本当に気のいい人だった。そんな姫野が人から恨みを買っていたとすれば、その症状が関連している以外にないのではないか。警察もきっと、そう結論を出したのだ。だから、泥棒呼ばわりされてしまった和子の、孫である藤原が疑われている。

「私はね、初めてあずき荘へお邪魔させていただいた日のことを、今でも覚えているんですよ。職員の方以外では、最初に姫野さんが、『新顔か』って声をかけてくださって。丁寧に自己紹介やあずき荘の紹介をしていただいたあと、囲碁を一局、お相手してくださいました。あの方は頭の回転も速かったですからね、私のような未熟な腕前では手も足も出ませんでしたが、とても楽しかった。いいところへ来ることができたと、あずき荘を勧めてくださった方々に感謝しながら、その夜は眠りについたんですよ」

セミの鳴き声をバックに、松木の穏やかな語調が心地よく響いた。メイは思わず目を閉じた。まぶたの裏に、そんな姫野の姿が浮かんでくるようだ。

「私もです、松木さん。私、あずき荘に来るまでは事務をやってて。ずっとパソコンの前に座ってる仕事で、今の仕事とは全然違うんです」

メイは前職のことを思い返した。

東京で四年制の大学を出て、すぐに就いた不動産業の仕事だった。デスクのパソコンに向かってキーボードをたたき続ける、代わり映えしない日々。自分でなければできない仕事でもなく、やり甲斐や達成感のある仕事でもない。

退職の決定打になるような出来事があったわけではなかった。いつまで働いても仕事に対して一向に意義を見出せず、ある日、「自分にしかできない仕事をしたい」「誰かに必要とされたい」と、衝動的に転職を決意したのだ。

「そんな私があずき荘に来た四ヶ月前、初めての介護の世界は何もかもが新鮮で、今まで私がいた世界とはまったくの別物だったんです。これまではパソコンと一対一だったのに、あずき荘では一度に何人もの利用者を見なければならない。でも同時に、一対一の会話も大事にしなければならない。そんな別世界の目まぐるしさに圧倒されて頭が真っ白になっていたら、姫野さんが同じように、『新顔だな』って。自己紹介と、私、職員なのに、やっぱりあずき荘の紹介もしてくれました」

目を開けると、松木がズボンのポケットに手を入れて、何かを取り出そうとしていた。

「初日の勤務が終わるころにはへとへとで、『この仕事をやっていけるだろうか』って、自信をなくしてました。そうしたら帰り際に姫野さんが、『大丈夫、君はこの仕事に向いているよ』って」

眼前にポケットティッシュを差し出されて初めて、涙が頬を流れていることに気がついた。

「明治さんは、心が優しい人ですから。姫野さんの言った通りでしたね。今では、天職だと自覚されているでしょう」

すみませんと断って、メイはティッシュを一枚頂戴《ちょうだい》した。

「もう、松木さんたら。そんな嬉しいことを言われちゃうと、今度は松木さんが殺された時に、今日のこと思い出して泣いちゃいますよ」

「私も殺されるんですか。それはいいですね。普段は目立たない私ですが、最後くらい派手に散りたいじゃないですか」

二人で声を上げて笑い合った。おかげで涙もおさまり、休憩を終えて弁当屋へとまた歩き出した。

四軒目は尾茂田澄子《おもだすみこ》の家だった。澄子の家自体はあずき荘と近いのだが、あずき荘から見て反対方向にある松木の家から向かうと時間がかかってしまう。

澄子は訪問介護サービスのみを利用しており、あずき荘自体には来たことがない。だというのに、澄子は開口一番にこう言った。

「殺人事件があったんやて?」

「尾茂田さん、ご存じなんですか?」

「当たり前や。新聞は毎日しっかり読んどるからな」

リビングに入るなり、澄子はテーブルの上に広げたままの新聞をぽんぽんと叩いた。よく見ると、姫野の事件の記事が赤いボールペンで囲われている。

「あんたらんとこの誰かが来たら聞こ思うて、印付けといてん」

澄子は生まれも育ちも大阪という、生粋の大阪人だ。数年前、この近くに住む娘夫婦に散々説得されて大阪から引っ越してきたばかりだが、娘夫婦との同居は断り、マンションで一人暮らしをしている。澄子一人で買いものに行くと無駄なものを買いこみすぎてしまうため、娘の希望であずき荘から買いもの支援が入っている。冷蔵庫を確認し、必要と思われるものを澄子の代わりに買ってくる、というサービス内容だ。

認知症もあり、娘夫婦と共にあずき荘の方からも通所サービスの利用を勧めてはいるのだが、「そんな年寄りばっかりが行くとこ、行きたないわ」と、来所することへの拒否感は強く、実現に至るまでにはまだしばらくかかることだろう。

まして殺人事件が起こった今では、「そんな恐ろしいところには行きたくない」と言われてしまえばそれまでだ。

「よううちの施設の名前を覚えてましたね」

「あんたら来た時いつも玄関口で、あずき荘のだれそれですー、て言うやんか。それに……」

「お母さーん？　あずき荘の方来てはるの？」

ほら、と言うように澄子は玄関の方へ首を倒した。「娘がいつも、あずき荘、あずき荘、って、うるさいねん」

澄子の娘、詩織《しおり》が顔を出した。「あら、明治さん。どうも」

詩織は近所に住んでいるので、澄子の家へは頻繁に通い、母の生活をサポートしている。とはいえ詩織にも自身の生活があり、別居であれば特に、完全なサポートは難しい。そこで、あずき荘の出番というわけだ。

あずき荘の職員と詩織は、かなり密に連絡を取り合っている。連絡内容は、主に澄子の冷蔵庫の中身についてだ。卵がもうないから買っておいてほしいだとか、消費期限が明日までのうどんが二袋あるから麵類はいらないだとか。

今は冷蔵庫に食材が豊富にあるらしく、今日は何も購入する必要はないと聞いていたが、買いもの支援だけでなく澄子の毎日の服薬管理はあずき荘でおこなっている。本人に管理を任せると薬を飲んだことを忘れてしまい、何度も同じ薬を服用してしまう危険があるからだ。そのため、買いものがない日でも訪問する必要がある。澄子の薬は一日のうちいつ服用してもよいが、本当は毎日同じ時間に服用するのがベストだ。しかし訪問スケジュールが立てこんでいる曜日は、服薬時間がずれてしまうこともある。

「ほんで、犯人はもう捕まったんか」

「なに、犯人てお母さん、何の話？」

「殺人や、殺人事件。ほれ、そこの新聞読んでみ」澄子の示した記事を、詩織は素直に読み始めた。

「まだ逮捕されてないみたいなんです。あずき荘は警官でいっぱいですよ。尾茂田さんも一度見にきません？」

好機とばかり、メイは澄子に来所を勧めた。殺人があった場所に来いというのは非常識かもしれないと思ったが、こんな機会でもないと、彼女があずき荘への来所を承諾する日は来ないだろう。それに、あれだけ警察が警戒している中で、再び殺人が起こるとも思えない。澄子が来所の手続きを踏んでいるあいだに、犯人が逮捕される可能性だってある。

幸い、澄子も世間と同じように、殺人事件に関心があるようだ。そこを利用しない手はない。

「鑑識の仕事って、見てると結構興味深いですよ。今なら簡単な事情聴取だって受けられるかもしれないですし」

メイは、下手《へた》な通販番組に出演している気分になった。今ならなんと、事情聴取も付いてくる！

「えっ。あずき荘で人が殺されたん？　うっそお」

ワンテンポ遅れて、ようやく詩織も事情を理解したらしい。母親と同じく、興味津々といった目でメイを見つめてくる。

「施設、閉めたりせんで大丈夫なん？」

「今は警察が四六時中いますから。それに、犯人もきっとすぐに捕まるでしょう」

警察は何もわかっていない、と調査に乗り出した身ではあるが、日本の警察は優秀だ、という世評に対して異論はない。目撃証言の謎が解けなくても、他の証拠から近いうちに犯人へたどり着くだろう。

そう考えているからこそ、メイ自身こうして呑気にしていられるのだ。詩織も同じ考えなのか、あずき荘に対しての不信感は見られず、メイは胸をなで下ろした。呑気でいるとはいえ、奥末施設長の気苦労は少しでも減らしてあげたい。

それから少しのあいだ、三人は殺人事件について話をした。主に澄子と詩織が質問をして、メイが答える形だった。

数分後、澄子がお気に入りのミステリドラマの放送時間を新聞で調べ出したあたりで、メイは辞去することにした。

「待って、明治さん」

しかし尾茂田宅を出てすぐ、詩織に呼び止められた。

「私、昨日も来たんだけどね。食器棚の横のかごに、みかんの缶詰があったの」

「みかんの缶詰？　あの、よくある、シロップ漬けのですか？」

「そう、それ」

「おかしいですね……」

うーん、とメイは首を傾げた。というのも、澄子はくだもの嫌いで、くだものを購入しないように、という申し送りはあずき荘でも周知の事柄だからだ。当然、詩織も買ってこないだろうし、こちらへ引っ越してきてからは訪ねてくるような知人もいないと聞いている。もし澄子が一人で買いものに出ていたとしても、わざわざ自分の嫌いなものは買わないだろう。そもそも、澄子だけで買いものに行ったとなれば、一目瞭然のはずだ。どうやって持って帰ってきたのか不思議に思うくらい、いつも大量の買いものをしてしまうからだ。冷蔵庫に三日分程度の食料があれば、澄子が買いものに行こうと考えることはほとんどなく、今のところなんとかなっているのだが。

「一応、他の職員にも聞いてみます」

「ありがとう。責めるわけやないんやけど、不思議やから気になって。今も置いたままやけど、そのうちに私の家へ持って帰るわ。なかなかお母さんの目を盗めへんのよね」

澄子はものに対する執着が強い。一度手にしたものは絶対に手放そうとしないため、消費期限切れやカビの生えた食品の処分も不可能に近い。職員が捨てるよう勧めても断られるし、無理やりにでも処分しようとすると、暴れ出して手がつけられなくなる。そのため、あずき荘と詩織のあいだで、綿密な買いものスケジュールが組まれているのだ。

あずき荘の職員が買ってきたものも、買いもの袋が澄子の家に入った瞬間から彼女のものという認識になる。そのため、職員が買いもの袋から取り出すことすら許されない。つまり、「自分で片づけるから、そこへ置いといて」となるわけだ。

更に言えば、見覚えのないものが家にあっても、黙って自分のものにしてしまう。

例えば昨年の冬、ハルが澄子の家に手袋を忘れたらしい。次回の訪問日、ハルの手袋は澄子の両手を温めていた。何度説得しても聞く耳持たずで、買ったばかりのその手袋を泣く泣く諦めた、という話はハルから何度も聞かされた。

澄子の家にあったみかん缶は、ひょっとするとそういった、「誰かの忘れもの」の可能性があるのではないか。というより、そうとしか考えようがない。

あずき荘へ戻ってから、メイは他の職員に尋ねてみた。しかし、誰に聞いても答えはノーだった。今日不在の職員にも、出勤日に聞いてみなければならない。メイはため息をついた。不思議なことは続くものだ。

5

その後の数日間、メイとハルのコンビはあずき荘にて聞きこみを続けた。しかし調査結果は芳《かんば》しくないものだった。姫野を殺害する動機を持つ者など、誰もいなかった。

メイが夜勤、ハルが宿直の日に、警官の目を盗んで施設内の探索をしたこともあった。

ちなみにあずき荘での夜勤とは、夕方に出勤して朝まで寝ずに、宿泊している利用者の世話などの職務につく勤務形態。宿直とは、朝から夕方まで通常の勤務をおこなったあと、緊急時の待機員として職場に泊まりこむ勤務形態である。

警察は夜間でも最低二人の警官を見張りに立てている。一人は施設の外回りを、もう一人は施設内を端から端まで巡回しているようだった。よって、メイかハルのどちらかが施設内の警官に話しかけて足止めすれば、施設内は探索できる。

メイとハルが探したのは、もちろん凶器だ。しかしやはりというべきか、警察が探して見つけられなかったものが、素人が少し探した程度で見つかるはずもなかった。

結局その晩は、夜勤だか当直だかの警官と長話をして仲よくなっただけに終わった。ほとんど眠ることの叶わなかったハルは翌日、盛大にくまを作った顔で働いていたらしい。夜勤だったメイは朝に仕事を終え、もちろん帰って寝た。

八月十三日。世間はお盆休みに入っているが、介護施設は年中無休である。

事件について調べ始めて一週間が経過していたが、動機に基づくイツキ以外の容疑者探しにはまったく進展がなかった。強いて言うなら、姫野を殺す動機があるのは藤原和子だろうか。しかし和子は目撃者の一人でアリバイもあるし、そもそも女性だ。

要するに、調査は行き詰まっていると言えた。

「思ったんだけど、一回姫じいのご家族に会いに行ってみない？」

ハルは宿直用のベッドに横になりながら、そう提案した。最近は恒例になりつつある昼休憩時のハルとの作戦会議にも、メイは徐々に身が入らなくなってきている。

「えっ。だって、なんて言って会うの」

「あずき荘で働いてます、お線香を上げさせてください、でいいんじゃないの」

「どこに姫じいの遺骨があるとか、誰に断ればいいのかとか、私知らないよ」

「そんなのは施設長に聞けばなんとかなるって」

最初は完全な思いつきだったのだろうが、やる気になってきたらしいハルはベッドから飛び起きた。

「ねっ。あずき荘内部に犯行動機を持つ人がいないんじゃ、調査の対象を外部に広げるべきだよ」

「けどそうすると、犯行後にどうやってあずき荘を出ていったかって点がまた問題になるじゃん。

意味ないよ」

「理屈は置いといて動機を探そうって言ったのはメイでしょ。理屈で考えたらイツキさんだってアリバイがあるんだし、容疑者にはならないはずなんだから」

「えー……でも、行くの嫌だなあ。ハル一人で行ってきなよ」

「そんなあ。私たちは二人で一人、一心同体でしょ」

いつの間にそんな話になっていたのだろうか。なんだかんだ言って、ハルも一人で行くのは嫌らしい。

そこへ、休憩室の戸が開いて、奥末施設長が入ってきた。

「あっ。ちょうどいいところに！　施設長、姫じい……姫野さんの遺骨って今はどちらに？　お線香上げに伺いたいんですけど」

「姫野さんの？　えっと、メイくんも？　二人で行くのかい？」

「私は……」

「そうです、メイも！　二人で行きます」

メイの言葉にかぶせるようにハルは答えた。メイはじろりとにらみつけたが、ハルは露ほどもこたえていないようだ。

「そうか。実は鈴井くんにも同じことを言われてね。三人で行ってくるかい？」

「ぜひ！　そうします」

鈴井が一緒なら安心できる。メイも頷いた。「シフトの都合がつけば、ですけど」

「そこらへんは調整するよ。三人で話し合って、日にちが決まったらまた教えてくれ」

奥末施設長は、先ほどまでハルが寝転がっていた宿直用ベッドに横になって、すぐに寝息を立て始めた。連日警察の相手ばかりで疲れが溜まっているのだろう。

その後の作戦会議は小声でおこなった。


三日後、八月十六日の金曜日。

メイ、ハル、鈴井の三人は、午前十時に姫野の息子、姫野大和《やまと》の家の前へ来ていた。

「いいかい、最後にもう一度言うけど、くれぐれも『姫じい』と言ってはいけないよ」

道中も散々同じことを言われ続けたハルは、はいはいと適当に頷いている。鈴井はハルと、ついでにメイも見て、表情に不安の色を濃くした。

呼《よ》び鈴《りん》に応えて出てきたのは、中年の女性だった。女性は大和の妻だと名乗った。挨拶は全て鈴井に任せ、メイとハルは後ろでひたすら会釈《えしやく》をする。

仏間に案内されると、二人の男女がいた。

大和には、あずき荘で顔を合わせたことがある。矢口が同い年だと話していたので五十代なかばのはずだが、今日はその表情に疲労が色濃く浮かんでいるせいか、いつもより年老いて見える。事件のせいで、疲弊《ひへい》しているのだろう。

もう一人は大和の娘、つまり姫野の孫娘で、二人ともちょうどお盆の休暇中なのだそうだ。

メイは彼女を見た。すらりとした華奢《きやしや》な体つきで、少し童顔ではあるが、白い肌と切れ長の瞳を持つ、純和風の美人だ。年齢はメイやハルと同じくらいだろうか。

「ね、あの子。イツキさんの婚約者だよね」

同じことを考えていたらしいハルが、耳元でささやいた。

彼女は姫野桜子《さくらこ》と名乗った。名前すらも美しく、声も小鳥がさえずるようだ。たとえ藤原が相手でなくとも、この美しい孫娘を嫁にやるのは、姫野からすれば相当やりきれなかっただろう。

遺影の姫野は、きりりと引き締まった表情をしていた。頭髪の色や量から見て、数年前の写真だろうと推測できる。遺骨に手を合わせた時、メイは少しだけ申し訳なく感じた。姫野が憎んでいた藤原を救うための調査で来ているのだ。

姫野の家族は、生前の姫野の、あずき荘での様子を聞きたがった。全員で姫野の思い出を語り合っていると、たびたび桜子の目から涙がこぼれた。彼女はポケットから、純白のレースで縁取られたハンカチを取り出し、目元を押さえていた。思い出話のあいだ、ハルは苦労してはいたが、「姫じい」と口にすることはなかった。

「あんなにいい人だった父さんを、いったい誰が殺したっていうんだか」

「決まってる。あいつだ、イツキだよ。あいつが殺したんだ」

大和のつぶやきに叫ぶように答えたのは、急に仏間へ入ってきた若い男性だ。

「おまえにはびた一文やらん、って言われて、やってしまったに決まってる」

「イツキさんを悪く言うのはよして、兄さん」

たまらず反論した桜子を、兄と呼ばれた男性はぎろりとにらみつけた。

「いいや、やめないね。最初っからいけ好かなかったんだ、あいつは。へらへらして、胡散《うさん》くさかった」

確かに藤原は大抵笑顔でいるし、おどけた雰囲気が胡散くさいと言いたくなる気持ちもわかる。結婚相手の家族には好かれないタイプかもしれない。

大和とその妻は、兄妹《きょうだい》の口論を何とか止めようとはしているが、どうにも止められずおろおろするばかりだ。

「イツキさんは優しい人よ。おじいちゃんを殺してなんかない」

「どうだか。いくら優しくても、金に目がくらむってことはあるだろ」

「いい加減にしてよ!」

桜子は叫んで、仏間から走り出た。数秒後に、玄関の扉を開ける音も聞こえてくる。メイはいつの間にか止めていた息を吐き出した。修羅場は苦手だ。自分が関係なくとも、はらはらしてしまう。

「お見苦しいところをお見せしてすみません」

兄も同じように息をつきながら、メイたちに謝った。

その後は気まずい空気になってしまい、三人は早々に姫野家を辞した。最後にもう一度姫野の遺影を見ると、どことなく沈んだ表情のように見えた。

「鈴井さんは、誰が犯人だと思いますか?」

帰り道、メイは思いきって尋ねてみた。

あずき荘での調査では、容疑者リストに載っている人間には一切聞きこみをしていない。調査をしている人間がいると犯人に知られるのが、単純に怖かったからだ。無鉄砲な行動を取りがちなハルすらも、その点はきちんと心得ていた。

しかし、結局のところ姫野家でも何ら情報を得ることはできなかったし、今後はもう少し踏みこんでいかなければならない。だから尋ねてみたのだ。勢いよくこちらを向いたハルが視界の隅に映ったが、あえて見なかった。

「そういうのって、あまり口にしない方がいいんじゃないかな」

「だけど、気になるんです。気になって、仕事も手につきません」

鈴井は目を丸くしてから苦笑した。「仕事に真面目なメイちゃんが？　それは一大事だ」

真剣な顔つきは崩さないように、メイは頷いた。

「うーん。そうは言ってもね。あんなに人のいいお年寄りを、いったい誰が殺したがるっていうんだい？」

「桜子さんのお兄さんには、少なくとも一人は心当たりがあるようでした」

「あれは……まあ、確かにイッキさんは、姫野さんを殺害する動機のある、珍しい人物といえるね。ただ一人の、と言い換えてもいい」

「じゃあ、そのイッキさんが犯人ですか？」

「そう一概には言えない。僕らの知らないところで姫野さんが恨みを買っていたってこともあると思うよ。どういうことで人から恨まれるかなんてわからないからね。もしくは、ただ単に金目当ての犯行だったということも考えられる。姫野さんがお金持ちだってことは有名だったし、誰でも知り得ただろうからね」

「けど、姫じいが殺された部屋から盗られたものはなかったらしいじゃん。そもそもあずき荘にはいつも金目のものなんて持ってきてないし」

ハルも議論に参加し、鈴井に異を唱えた。

その時、メイの脳裏にひらめくものがあった。

「盗られたもの？　なくなったもの……そうか、凶器！」

急に足を止めたメイを、二人は同時に振り返った。

「『木の間』には、凶器がなかったでしょ？　その凶器が金目のものだったって可能性はあるんじゃないかな」

「さっすがメイ探偵！　純金の像とか？」

「そんな目立つもの持ってきてたら、僕らも気づくだろ」

あの日、姫野は前日からあずき荘に宿泊していた。宿泊者の持ちものは来所した際に職員が確認して、専用の用紙に記入しておくことになっている。帰宅する際の忘れものを防ぐためだ。

「宿泊者の所持品表と、実際に現場にあったものの照らし合わせはしたのかな」

なかば独りごとのようにつぶやいたのだが、鈴井は律儀に返事をくれた。

「それくらいは警察がしていると思うけどな。少なくとも所持品表は保管してあるから、そんなに気になるなら確かめてみたらいい」ふと鈴井はあたりを見渡した。「僕、そこのコンビニの前で煙草《たばこ》を吸っていくから。ここで別れよう。駅までの道はわかるね?」

二人は頷いて鈴井と別れた。

「知らなかった、鈴井さんって煙草吸うんだね。意外」

「あずき荘では吸ってないもんね。ほら、なんだかんだで人は結構、意外な一面を持ってんのよ。姫じいがどこで怨恨の種をまいていてもおかしくないってこと」

「もの盗られ妄想の件も、知らない人からしたら思いがけない動機だもんね。孫同士で繋がりがあったのだって、私も全然知らなかったし」

「そういや、鈴井さんは知ってたみたいね」

確かにそうだ。鈴井はどこから情報を得ていたのだろうか。もちろん、奥末施設長は知っていただろうし、あずき荘の職員なら誰でも知り得る立場にはあるのだが。

「にしても、桜子さん、きれいな人だったなあ」ハルはため息と同時に漏らした。「あんな人と婚約するなんて、イツキさんやるじゃん」

「残念だったね。あれじゃ、ハルじゃなくても勝ち目はないよ」

「ハルじゃなくてもってどういうこと!」

ハルじゃれながら、前方に見えてきた駅に向かって歩いていると、急にハルが立ち止まった。ハルの視線の先を追って、メイも足を止めた。駅構内のベンチに、桜子と思しき女性が顔を伏せて座っている。

「桜子さん、駅に来てたのか。さあ、メイ探偵、話を聞くチャンスだぞ」

「えっ。ハルが聞きなさいよ」

「メイが探偵で、私は助手だもん」

「いつの間にそういうことになったわけ？」

わあわあ騒いでいると、その騒がしさに気づいたらしい桜子が顔を上げて、目が合った。気まずそうに会釈する桜子に、こちらも気まずいものを感じながら、仕方なく近づいていった。

「うちへ来られた、あずき荘の方ですよね。先ほどは醜態《しゅうたい》を演じてしまい、大変失礼いたしました」

「い、いえいえこちらこそ。まさに今、二人でシ、シュウタイを演じておりまして。どうもすみません」

ハルが片言に謝罪をした。おそらく「醜態を演じる」なんて硬い表現を、今まで使用したことがないのだろう。

さて、どうやって話を聞く流れに持っていこうか、と考える間もなく、桜子は語り出した。

「兄は、いつもああなんです。私が婚約者のイツキさんを初めて実家に招いた時から、あの男は気に入らない、だなんて言って」

桜子の手には、先ほど目にしたレースのハンカチが握られ、涙が残る赤い目元は弱々しい。男でなくとも「守ってあげたい」と思わせる女性だ。

「そのあと、イツキさんを祖父に会わせてからは、兄のイツキさんへの非難はどんどんひどくなって、もうどうしようもなかった。祖父という味方ができたことで、兄も大っぴらに結婚に反対するようになったんです。でもイツキさんはいい人よ。少し頼りないところはあるかもしれないけれど、それも含めて魅力的な人なの。わかっていただけます？」

メイは静かに頷いた。隣のハルは大げさすぎるほど上下に首を振っている。

言うだけ言って落ち着いたのか、桜子はベンチから立ち上がって姿勢を正した。

「ごめんなさい。こんな、感情的にわめいてしまって」

「いえ、言いたいことは吐き出さないと」

「けれど、身内でもないのに家の揉め事をお聞かせして、申し訳ないです」

「実は、私たちも桜子さんとお話ししたかったんですよ」

桜子は赤くなった目をしばたたいた。

「私たち、何というか……そのう、おじいさんの事件について調査しているんです」

メイはしどろもどろに切り出した。

「調査？　あずき荘の方が？」

「ええ、その、非公式の調査ですが。犯人はイツキさんではないんじゃないか、という意見が職員一同の総意でして」

桜子の顔はぱっと明るくなり、ハルは大きく眉を上げてこちらを見た。桜子にはハルの反応が見えていないようで、メイは小さく息を吐いた。

婚約者が疑われている桜子からすれば、素人に興味本位で調査されてはたまったもんじゃないだろう。それなら、桜子の喜びそうな調査理由をでっち上げるしかない。

「そうなんですか。それは……よかった。嬉しいです」

効果は絶大で、桜子はまたハンカチを濡らし始めた。ずっと、自分に味方してくれる人間がいなかったのだろう。

「警察はやはりイツキさんを疑っているようなので、こちらでなんとか真犯人を見つけられないか、と。少なくとも、イツキさんが無実である証拠くらいは手に入れられないものかと、あずき荘も総力を挙げて調べているわけなんです」

成り行きで、思いのほか大きな話になってしまった。しかし今更あとには引けない。

「なので、もう少しお話を伺えないでしょうか」

「それは、もちろん。ご協力させてください」

桜子はハンカチをポケットにしまい、涙ながらにメイとハルの手を強く握った。


三人は駅構内のカフェに場所を移した。

注文した飲みものが運ばれてくると、メイはさっそく質問を始めた。

「一郎さんが遺言状を書き換える、とおっしゃっていたのは本当ですか？」

桜子はアイスレモンティーに少しだけ口を付けた。「ええ、本当です。私も少し前に父から聞いただけですが」

「イツキさんも知っていました？」

「私からは話していませんが、どうやら祖父本人から聞いたようです。最近はイツキさん、頻繁にあずき荘に顔を出していたようですし」

「一人でいらしてたんですか？　桜子さんと一緒じゃなく」

「ええ。暇をみつけては訪ねてくださっていたようです。仕事中の休憩程度の短時間でも。ご存じなかったのですか？」

「あ、この子、最近は仕事を休みがちだったんで。私は知ってます」

ハルが適当な補足を入れた。まあ、「シフトの関係で偶然会わなかった」というのもわかりにくい話かもしれないし、不要な部分は省略してしまって構わないだろう。なるほど、と桜子は納得してくれた。

「家だと私の両親と、場合によっては兄もいるかもしれませんし、あずき荘に行っているあいだなら祖父と二人きりで会えるので、話がしやすいと思ったみたいです」

「あずき荘で、イツキさんと一郎さんは、普段どんな話をしたのでしょう？」

「それも詳細は知りませんが、イツキさんは祖父に気に入られようと、毎回色々な手土産を持参していると言っていました」

「手土産？」

「といっても、本当に大したものじゃないんです。いえ、最初は、それなりに高価なものや話題性のあるものだったんですが、あまりに祖父の反応が悪くてさまざまなものを試すようになったんですよ。基本的に食べものが多いんですけど、『あずき荘や家では出てこないものが食べたい』

とよく言っていたので、お酒のおつまみになるような味の濃いものとか、生クリームたっぷりの甘いケーキだとか。他には、漬けもの、駄菓子、アイスキャンディーなんて日もあったみたいですよ。祖父は高血圧だったので、手土産についてはあずき荘の看護師さんに相談するようお願いしていましたが。そうそう、ある日、するめが好物だと教えたら、その次の時にはするめを持っていったそうです。『固くてかみきれん！』って、怒られたらしいですけど」

「食べもの以外には何か？」

「おまえが来ると怒りで頭が熱くなるって言われたからって、額に貼る冷却シートを持って行った日もあると聞きました。ひたすら背中がかゆいって言われたら、孫の手だったり。腹巻や青竹踏み、小説、そろばん、何でも。おかしいですよね。……少しずれてるんですけど、一生懸命な人なんです」

訴えかける言葉から桜子の思いが痛いほど伝わり、胸にじんとくる。

「事件の日は、何を持っていったか知っていますか？」

「手作りの寒天ゼリーだったらしいです。渡せなかったそうですが」

「そういえばあの人が……近藤刑事が言ってたよ。薬物や毒が入ってないか、寒天も検査したって。結局ただの寒天だったそうだけど。あと未開封の市販の黒蜜もあったって。寒天にかけて食べてもらうつもりだったんだろうね」

ハルの情報に、桜子も頷いた。そういった何気ない所作の一つひとつがたおやかで、絵になる女性だ。見とれてしまっている自分に気づいて、メイはコーヒーを一口飲んで気合いを入れ直した。

「遺言状の変更は、正確にはどういったものになる予定だったんですか」

「詳しいことは私も知りませんが、やはり私にはほとんど何も残さない形にするつもりだったようです。これも父から聞いたことですが」

「イツキさんがお金に困っているといったようなことは？」

「ありません。……正確なところはわかりませんが、私は何も聞いていません」

これ以上何を聞けばいいかわからなかった。質問リストを作っておけばよかったと後悔していると、ハルが助け舟を出してくれた。

「真犯人に心当たりはないですか」

桜子は首を横に振った。「祖父は人に恨まれるような人間ではありませんでしたから」

「姫じ……一郎さんをよく知る人を、どなたかご存じないですか」

「祖父も高齢でしたから、友人はもうほとんど亡くなられていましたし……祖父の会社の方くらいでしょうか。もし会いに行かれるのでしたら、話は通しておきますが」

「ぜひお願いします。あと、イツキさんと親しい方は」

「イツキさんの友人と会ったことはありますが、連絡先までは……あ、イツキさんの同僚なら、一人存じています」

これで、ハルも質問することがなくなったようだ。姫野の会社の人間と藤原の同僚へ、面会の約束を取りつけてもらうよう桜子に頼んで、自分たちの連絡先を伝えておいた。

別れ際、桜子はもう一度無言で二人の手を握った。

「改めて一郎さんのこと、ご愁傷様《しゅうしょうさま》です」

言葉が出ないらしい桜子の代わりに、メイが口を開いた。桜子は何度も頷いていた。


午後は予定があるというハルと別れたのは、ちょうどお昼時だった。自宅の最寄り駅まで戻ってから空腹を覚えたメイは、たまたま目についたお好み焼き屋の暖簾をくぐった。

「あっ」

声を上げたのは同時だった。藤原だ。

二人掛けのテーブル席で、メニューを手にしているところだった。今日はスーツ姿だ。

「よかったら、一緒にどうですか」

混みあう時間帯だ。メイは快く申し出を受けた。

「えーと僕は、豚玉ととんぺい焼き」

「私はエビ玉。あと……」藤原にちらりと視線をやった。彼が軽く肩をすくめたのは、「僕は気にせず何でも頼んでください」という意味だろうと都合よく解釈した。「あと、ビールもお願いします」

ビールはすぐに運ばれてきた。一言断って、すぐに口を付けた。キンキンに冷えているビールは、外が暑かったこともあって最高においしい。

「昼間っからビール?」

「今日はオフですもん」

「くそっ、僕は食べたらまた仕事です」藤原は自棄《やけ》ぎみにコップの水を飲み干した。「お冷《ひや》、おかわり！」

それでスーツだったのか。姫野家の面々はそろってお盆休みだったようだが、十六日ならもう休みを終えた会社もあるだろう。

そんなことを考えていると、うっかりじろじろと眺め回していたらしく、向こうも露骨《ろこつ》にこちらをじろじろと見ている。

「あ、ごめんなさい。スーツだなあと思って」

「メイさんも、今日はなんだかシックな装いで、大人っぽいですね」

今日は弔問ということで、地味な紺色の半袖ワンピースを着ている。

ちなみに、今まで慶弔事にあまり縁のなかったメイは相応しい服を持っておらず、近所の大型スーパーの婦人服売り場で店員に見立ててもらったのだった。

「大人っぽいって、それはもうこの年齢になると誉め言葉じゃないですよ」

「メイさん、何歳？」

「二十五」

「なんだ。そういう言葉は、せめて僕より年上になってから言ってください」

「あなたより年上になるのは物理的に不可能ですよ」

「そういうことじゃなくて。って、僕の歳知ってるんです？」

「知りません。話の流れで、年上なんだろうなって」

「二十九です。アラサーですよ」

「そのくらいだと思いました。『大人っぽい』ので」

藤原は快活に笑った。

注文した豚玉とエビ玉が、大方焼けた状態でテーブル上の鉄板に運ばれてきた。このまま少し焼いてから食べるように言う店員の中年女性に、藤原はまた水を頼んでいる。コップを持つ、シャツをまくり上げた腕が意外とたくましいことに驚いた。

「今日、姫野さんのご自宅に伺ってきたんです。それでちゃんとした格好してるんですよ」

「姫野さんの……そうですか。様子はどうでした」

今は藤原も、姫野家には行きたくても行けないだろう。桜子に会うことはできるだろうが、せめて嫌疑が晴れないことには、姫野家の敷居はまたげないはずだ。

「みなさん、悲しむと同時に戸惑っておられたようですね。特にお孫さんの桜子さんは……イツキさんのことを、とても心配しておられました」ハルや桜子相手に言い慣れていて、ついうっかり面と向かって「イツキさん」と呼んでしまった。「あ、すみません。藤原さん」

「はい？」

「あ、いえ、何でも」藤原は気がつかなかったようなので、そのままにしておいた。

「というか、彼女が心配しているのはなぜです？」

「あ」

今日のメイは相当ぼけっとしているようだ。警察が疑っていることを、本人に教えていいわけがない。

「いえ、その……殺人のあった時刻に、婚約者があずき荘にいたわけでしょう。ましてや殺されたのは彼女の祖父なわけですし、色々心配してしまいますよ」

「メイさんは、結婚は？」

「はい？　あ、いえ。独身です」

そういえば、婚約者のいる身で、独身の女性と一緒に食事していいものなのだろうか。前回のラーメンしかり、またもうっかりしていた。今日なんて、その婚約者と会ってきたばかりなのに。桜子の涙を思い出して、気まずさと申し訳なさが募った。

「あの、あまり私と二人でいない方がいいのでは？　私も気が回らず、すみません」

「え？　いえ、僕も独身ですし、問題ないのでは？」

にこりと藤原は笑った。

確かに独身だが、婚約者のいる立場なのだから、一般的な独身者と同じカテゴリーに属さないはずだ。和子や桜子の言うように「頼りない」というよりは、ちょっと軽薄に感じる。

お好み焼きが、おいしそうな音と匂いを発し始めている。お腹が鳴った音は、店内の喧噪《けんそう》にかき消された。

「色の証言については、何かわかりましたか」

「いえ、まったく。メイさんの方は？」

「こちらも全然。それに、他の謎も出てきて」

「凶器のことですか?」

「やっぱりご存じなんですね」

近藤と磯は二人一組なので、捜査情報を共有している。ハルの情報と藤原の情報は、同一とみて間違いないだろう。もちろん藤原は警察にとって今のところ最有力容疑者であるため、磯が明かしていないことがあるのも間違いないが。

メイと藤原は、自分の知り得た情報を交換しあった。藤原が第一容疑者になっていることや、桜子と話した内容は明かさなかった。藤原の持つ情報は、ほとんどメイのものと同じだった。磯の面目を考え、証言者の名前は引き続き伏せておいた。

そこで店員に、「もう食べられますよ」と声をかけられ、話の途中で食べ始めることにした。

「じゃあ君は今、その荒沼さんと組んで、調査に当たっているわけなんですね、メイ探偵?」

「荒沼さんと呼ぶと、彼女、不機嫌になるんです。ハル、と呼んでやってください。あと、私もその呼び方はやめてください」

メイの要望を聞く気はないようで、藤原は楽しそうに笑ったままだ。何か話題を変えられないかと、周囲に視線を走らせた。

「そういえば藤原さんのとんぺい焼き、まだ来てませんね。忘れられてる?」

それぞれのお好み焼きもそろそろ食べ終わろうかというのに、とんぺい焼きがまだ来ていない。

「本当だ。おばちゃん、僕のとんぺい焼き、忘れてない?」

「ああ、本当だわ。ごめんねえ」

とんぺい焼きはすぐに運ばれてきた。ついでに、皿に盛られたエリンギのバター醬油《しょうゆ》焼きも。

「これ、遅くなったお詫び。二人で食べてね」

「わあ、ありがとうございます。じゃあ、ビールもう一杯」

「ちぇ、いいなあ。僕も飲みたいですよ、特にこんな暑い日は」

藤原はごくりと喉を鳴らして、また水をおかわりした。

「そうそう、色の話に戻るんですが。あの日の午前中、『日光の間』の前の廊下は、電球が切れていたそうですね」

「ええ、そうなんです。私が出勤した時には問題なかったんですが、いつの間にか切れていて」

「ひょっとしてそれで、暗めの色に見えた人もいた、というのは？　結局のところ無理はありますが」

「私も同じことを考えました。けど、あの時点ではもう、電球は新しいものに取り換えられていたそうなんです」

「確かですか？」

頷きながら、エリンギをつまんだ。「ええ。末岡エイさんが、『赤』の証言をした際に、直接聞いたんです。そうしたらちゃんと電気は点《つ》いてたっておっしゃったから、あとで他の職員にも確認しました。警備員の庄山さんが、事件の起こる前に取り換えておいてくれたんだそうです。そもそも私が電球切れに気づいた時には既に、庄山さんが倉庫へ新しい電球を探しに行っているところだったんで、電球切れは本当に短時間だったみたいですね」

「じゃあ、今度はその新しい電球が明るすぎて、まぶしくて白く見えた、なんてことは」

「その後の廊下も、いつも通りの明るさでしたよ」

藤原は困り果てた顔で腕を組んだ。

そうなのだ。目撃証言からは、もう犯人は特定しようがない。メイは証言からの真相の解明はすでに諦めている。

しかし藤原は、こうやって呑気にメイと殺人事件について推理を試みているが、他人事《ひとごと》すぎやしないだろうか。仮にも婚約者の祖父が殺されたというのに。

ふと腕時計を見た藤原は、急いで残りのとんぺい焼きを平らげた。

「すみません、そろそろ時間が。僕、先に行きます。残りのエリンギは食べてください」

藤原は自身の分の代金をテーブルに置いて、立ち上がった。

「そうだ、メイさん。来週金曜のご予定は？」

「来週ですか？　普通に仕事です」

「何時まで？」

「午後六時です」

重ねて質問してくる藤原に、メイは首を傾げながら答えた。

「よかったら、飲みに行きませんか。金曜日、あずき荘まで迎えに行きますから」

「えっ、でも」

「それじゃ、時間ないんで。今日も楽しかったです。ではまた、金曜に」

まともに返事も聞かず、藤原はせわしなく店を出ていった。後ろで先ほどの店員が、メイたちのやり取りを見て楽しげに笑っている。

自分勝手な人、と腹を立てようとしたがうまくいかなかった。このままでは泥沼にはまってしまう。脳裏に桜子の影がちらついた。

メイは残りのエリンギを急いで食べ、思いを振り切るように席を立った。

6

「お年寄りの目ってさ、色の見え方が私たちと違うみたいなんだよね」

翌日。

恒例の昼休憩を使った休憩室での作戦会議中、ハルがそんなことを言い出した。

ちなみに、事件があった日の姫野の所持品表は、午前中に確認してみた。記載のあったものは、いつもの宿泊セットのみだった。純金の像なんてもってのほか、金目のものも、凶器になりそうなものも、見つけられなかった。

「見え方が違うって？　黄色が見えにくいとか、そういうやつ？」

薄い黄色はほとんど白に見えるようだ、ということは、メイも前々から思っていたことだ。白い紙に黄色のペンで書いた文字などは、まったく見えないと主張する利用者も多い。

藤原和子の「白」の証言は、黄色だった可能性もある、ということか。しかし、それだと更に色が増えてしまって混乱が増す。

「そういうやつ。今日私が気づいたのは、紫。塗り絵の時にさ、人物の髪や顔、犬や猫、木の幹にも紫を塗る利用者さんが多いんだよね」

「ああ、それ私もちょっと気になってた。独特のセンスだなって」

「違うの。あれね、どうやら紫が、茶色に見えてるみたいなの」

「えっ、茶色に」

にわかには信じられない。紫と茶色、かけ離れた色なのに。

「決定的場面を目撃したの。『ええと、茶色、茶色……』って言いながら紫の色鉛筆取って、犬に塗り始めた人がいたの。それでびっくりして、他の人に簡単なテストをしたのね。色鉛筆を数本持って、『茶色を選んでください』って。実は、その中に茶色はないの。テストしたうちの七割は『茶色はない』って言ってくれたんだけど、三割は紫を選んだの」

驚きの発見だった。紫も茶色も目撃証言にはない色だが、それでも、人によって色の見え方が異なる、という事実の証拠になる。

「お年寄りの見え方の話？」

急に聞こえてきた声は、山上のものだった。うっかり、休憩室の戸を閉め忘れていたようだ。

「休憩？」

「そう。今職員の人数が余ってるから、休憩行ってこいってさ。で、どういう話？」

山上はテーブルにつくと、鞄からコンビニの袋を取り出した。利用者と同じ量の昼食では足りないらしく、いつも余分に食料を持ってきている。少し潰れてしまっているおにぎりを袋から出して、かぶりついた。

ハルは山上に、先ほどの色の話を聞かせた。

「ああ、そういうことだったんだ。塗り絵見てるとさ、やけに紫の顔の人間が多いなあって、ちょっと気になってたんだ。ここでの生活が合わなくて、塞ぎこんでるのかなあって心配してたけど、よかったよ」

ははは、と軽く笑って、山上は二つ目のおにぎりを取り出した。ほとんど咀嚼《そしゃく》しないで食べているようで、喉に詰まりはしないだろうかと、職業病で心配してしまう。

「それで思い出した。仕出し屋のおばちゃんがさ、介護施設は緑の野菜の食べ残しが多いって前にぼやいてたんだ」

「緑の？」

「そう、ほうれん草とかチンゲン菜、菜の花なんかね」

「なんで？」

山上は、待ってました、とばかりに目を輝かせた。

「おばちゃんが聞いてみたんだって。そしたらさ、『こんな黒いもの食べられるか！』『あら、これほうれん草だったの？　真っ黒でわからなかったわ』って言われたんだってさ」

大げさな身振り手振りと声真似を披露して、山上は語った。

もしかしたらこれもヒントになるかもしれない。「黒」という証言が実際にあるのだ。

そうはいっても、元々「黒」の証言は信憑性が薄かった。他の目撃者は、先生が「黒」と言ったのに対し、怪訝な顔を見せたという。島谷などは、その場で食ってかかったほどだ。

「色覚異常なんて大層なものじゃなくてさ、目の老化？　なんだろうね、たぶん」

山上は二つ目のおにぎりもぺろりと平らげ、三つ目に取りかかった。

「そんなに食べて、山ちゃんよく太んないね」

ハルはテーブルに片肘《かたひじ》をついて、羨《うらや》ましそうに山上を見た。

「その分動いてるもん。体鍛《きた》えるのも好きだし、ここで出るあんなちっちゃい弁当ぽっちじゃ、エネルギー足んないぜ」

山上は腕を曲げて、力こぶを見せびらかした。確かになかなかの筋肉だ。

藤原も意外と腕に筋肉がついていたことを、ふと思い出した。彼はいったい何の仕事をしているのだろう。そういえば聞きそびれている。

「そういや来週末だけどさあ。……って、何そんなびっくりしてんのメイ」

突然のハルの言葉に、メイはびくりと体を震わせてしまった。

「ううん、別に。来週末がどうかしたの？」

罪悪感で心苦しい。藤原とはただの知り合いとして会うのだから、後ろ暗い理由があるわけではないのだ。

実際、婚約者のいる藤原ですらも、メイと会うことに気が咎めている様子はない。藤原と桜子は相思相愛で、何があっても婚約関係が崩れることはないと信じているからなのだろうか。

更に言うなら、ハルは藤原に好意を抱いているとは明言していない。「諦めるも何も、そこまで本気じゃない」と言っていた。だから、ハルに来週末の予定を打ち明けても、何も問題はないはずなのだが。

「来週末、和歌山のおばあちゃんのとこに行ってくる予定なんだけど」

「あ、そうなの？　お土産よろしく。梅干しがいいなあ」

「俺、和歌山ラーメン」

「エイさんは柚《ゆず》もなかが好きだって言ってたよ。あの人和歌山出身だから」

「やっぱりしらすでもいいなあ」

次々と和歌山土産を挙げていく二人を無視して、ハルは先を続けた。

「そんでさ、帰る日にどうやら台風が直撃しそうなんだよね」

「えっ、帰って来られないかもってことかよ？　じゃあシフトどうするんだよ」

「週明けも火曜まで休みだから大丈夫でしょ。ってまあ、シフトはどうでもいいんだけど」

ハルは山上を適当にあしらって、こちらに顔を向けた。

「もし帰ってこれなかったらさ、二十六日の予定はメイ一人で頼んだよ」

「ええっ」

二十六日の予定、というのはもちろん、姫野の会社と藤原の勤務先へ行くことである。

「やだやだ、一人でなんて絶対に嫌。そもそも一人で行くなら、何も二人が休みの日にこだわる必要はないんだし、和歌山行く前か帰ってきてからでも、ハル一人で行ってよ」

探偵活動に慣れているわけでもないのに、一人で調査に行くのはごめんだ。緊張で頭が真っ白になって、何か聞き漏らしてしまうに違いない。

一方のハルは唇を尖《とが》らせた。メイと同じく、一人で行くのは抵抗があるらしい。ハルのために調査を始めたのに、彼女は意外と、もの怖《お》じするたちのようだ。

「何の話？　俺行こうか？」

「山上くんは関係ないから」関係ある容疑者だから駄目なのだ。

「だって、メイがいなくて私一人じゃ、何聞けばいいかわかんないしさあ。緊張するし」

「それは私だって同じなんだけど！」

「なあ、俺行くって。なんかわかんないけど、俺ならボディガードになるぜ。鍛えてるし」

山上は再び力こぶを作った。ハルは面倒くさそうに半眼を向けた。

「だからあ、山ちゃんは関係ないんだって。男子禁制なの」

適当なことを言って山上を煙《けむ》に巻いたハルは、「まあ台風が来ないことを祈ってて」と言い残し、休憩室から逃げてしまった。その背中を見送った山上は、きょとんとした顔をメイに向けた。

「男子禁制って……宝塚《たからづか》歌劇団でも入るの？」


そうこうするうちにハルは和歌山へと旅立ち、藤原と約束した金曜日になった。

今晩のことは、結局ハルに伝えられなかった。決まりが悪いまま定時を迎えてしまう。

「こんばんは、メイさん。お疲れさま」

あずき荘前で待っていた藤原に声をかけられた時、何も悪いことはしていないのだが、ついきょろきょろと周囲を確認してしまった。今日の藤原はゆったりとしたブルーのTシャツに黒のスキニーパンツという格好で、プライベートで来ているのだと余計に感じたからかもしれない。

「職場のすぐ近くで、まずかったですか？」

挙動不審なメイを見て、藤原は控えめに尋ねた。メイは返事を曖昧に濁《にご》し、早足であずき荘を離れた。藤原も早足でついてくる。

「次からは、別の場所で待ち合わせましょうか？」

「……次があるんですか」

「えっ、ないんですか」

「えっと、それは、まあ、おいおいというか」返事を更に濁して、メイは首を振った。「それはさておき、どこで飲みます？　大きな駅まで出ますか？」

「メイさんのご自宅はどこです？」

「ここから徒歩十分程度です」

「それなら、ここの近くで飲みましょう。夜遅くの女性の一人歩きは危険ですし」

ひょっとして送ってくれる気なのだろうか。それに、夜遅くまで一緒にいる気なのだろうか。色々と考えすぎているのは自覚していたが、相手は婚約中で、同僚かつ探偵ごっこ仲間の思い人で、何より殺人事件の最有力容疑者として警察からにらまれているのだ。しかも三日後には、彼の職場を来訪する予定まで立てている。台風がハルを無事に帰してくれれば、だが。

「どこか行きたい店や、おすすめの店はありますか。なければ適当に決めてしまいますが」

考えることがありすぎて、店の選択まで思考が及ばない。店選びは藤原に任せることにした。適当に決める、と言っていたが、藤原は駅近くの店に予約を入れていた。金曜の夜だから念のため、と彼は白い歯を見せて笑った。もしメイが別の店を希望したらどうするつもりだったのだろう。

店は、落ち着いた雰囲気の創作料理の居酒屋だった。地下にある店内は広く、木を基調とした内装が温かで親しみやすい。

ひとまずビールで乾杯して、料理を適当に注文しつつ、当たり障りのない世間話をした。天気の話、注文した料理の話、あずき荘の話。

「あずき荘って、なんであずき荘って名前なんですか」

「諸説あります」

「しょせ」藤原は噴き出した。「諸説って……働いてる人でも知らないんですか」

「建物の色があずき色だからだとか、オーナーがあずき好きだったからだとか、オーナーの初恋の人の名前、『あずさ』をもじったのだとか。職員の中でも、色んな説が飛び交ってますよ」

「オーナーっていうのは、社長さんのことですよね。彼に聞けないんですか」

「藤原さんの言う『社長さん』は、施設長のことですね。あの人はオーナーじゃないんです。詳しいことはわかりませんが、オーナーには誰も会ったことがないみたいなんです。名前の由来と共に、あずき荘七不思議の内の一つですよ」

「他に五つも不思議が？」

「さあ……みんなが適当に言ってるだけだと思います」利用者の家族という部外者に余計なことを話しすぎたかな、と、メイは薄く笑った。「今回の殺人事件も、七不思議に仲間入りしちゃうかも」

「凶器消失に、異なる五つの証言だもんなあ」

「それぞれ、二つ分の不思議にカウントできるかな」

「じゃあ、残りはあと三つですね」

くだらないことを話しているとビールが進む。二人は同じタイミングでビールの追加を注文した。

「そういえば今日、面白いことを聞きましたよ」

「面白いことですか」

「高齢者には、紫が茶色に見えたり、緑が黒に見えたりする人もいるそうなんです」

「緑が、黒?」

藤原の目が輝き出した。

「実は、僕も一つ考えたんですよ」

「色の話ですか?」

「ええ。普段、『青信号』と言うでしょう」

「あっ」

「説明するまでもないようですね」藤原は目を細めた。

本来、日本には色といえば四色しかなかったというのは、画家だった松木に以前聞いたことがある。

赤、青、黒、白。

緑は青に分類されており、「青菜」「青りんご」「青々とした葉」といった表現は、そのころの名残だという。藤原が例に出した「青信号」も。

松木曰《いわ》く、「緑」が日本に登場したのは平安《へいあん》時代らしいが、その後も「緑」を「青」と表現する文化は根強く残り、二色を完全に別物として扱うようになったのは、戦後になってからとの説もあるそうだ。そのため、いまだに「緑」を「青」と呼ぶ高齢者が多いということらしい。

「そうなると、証言のうち、『青』は緑の可能性があるし、『黒』も、今のメイさんの話じゃ緑だった可能性があるのでは？　そして最初から、『緑』と言ってる証言者も一人。五人のうち三人の証言が、『緑』を指している、のかもしれない」

五分の三、となれば証言としてかなり真実味を帯びる。少なくとも五人全員がばらばらの証言をしているよりは、心情的に信じられそうだ。

その時、急に藤原が頭を抱えた。

「どうしたんですか？」

「……メイさん、事件の日に僕が着てた服の色って、覚えてます？」

「ええ。……緑色、でしたね」苦笑した。「けど、私があなたのアリバイを証言しているんですから」

「このあいだ、磯のやつに確認してみたんですよ。僕は多くの人と共にリビングにいたんだから、誰かが犯行時刻にそこにいた僕を見ているんじゃないか、って。メイさんの名前は出してませんよ、他の事件関係者に近づいたなんて言うと、怒られそうだし」

「それで？　アリバイ証言は確認できたんですか？」

「いいえ。おまえのアリバイ証言なんてまったくない、ってきっぱり言われました。どうやらメイさんの証言は重要視されていないようです。警察内でも、一応そういう話を聞いたってことにはなっているると思うんですが、その情報はおそらく僕に隠しているんだ。やっぱり僕は容疑者の一人なんですよ」

藤原は大きくため息をついた。

藤原の言う通りだったため、メイは何も言えなかった。彼は容疑者になっている。しかも、最有力容疑者なのだ。藤原は無実なのに、と慰《なぐさ》めてあげたい気持ちにかられるが、慰めようがない。

「動機がないと思うんだけどなあ……」

えっ、と声を上げそうになった。どう考えたって藤原には強力な動機がある、というよりその動機のせいで警察に疑われているだろうに。メイだって、自分がアリバイの証人でなければ、藤原を疑っていただろう。

ひょっとして藤原は、姫野に莫大な財産があったことを知らないのだろうか。そもそも遺言を多少変更されても、親族には必ず遺産が分配されると思っているのだろうか。いや、心の底から遺産に興味がないため、それが動機になると想像していないのだろうか。どれもあり得ないように思うが、桜子は彼を「少しずれてる」と表現していた。藤原なら、あり得るのかもしれない。

「まあ、まだ赤と白の証言の真相もわかりませんし、緑だったと決めつけるのは早計ですよ」

そんなふうに言うしかなかった。実際、赤と白は少しも緑に似ていない。

藤原はゆっくりと顔を上げたが、しょげた表情でビールをちびちびと飲む。

「あの、話は変わりますが、連絡先を教えていただいても？　ＬＩＮＥやってますか？」

「あ、はい。もちろん。ＬＩＮＥ交換しましょう」

藤原は笑顔に戻った。よかった、藤原には笑顔が一番似合う。

「今日、本当は気が乗らなくて……断ろうかと思ったんです。でも、藤原さんの連絡先を知らなくて。あずき荘に利用者のご家族の連絡先は保管してますが、プライベートの用件のために個人情報を盗むわけにはいきませんものね。ＬＩＮＥなら電話もできて便利だし……」

「ちょっと待ってください。断るために連絡先が知りたいんですか？　なら教えません」

取り出しかけたスマートフォンを、藤原は即座に鞄へ戻してしまった。

「いえ、あの。今後こういった一対一のお誘いがないのなら、別にいいんですが」

「メイさん、ひどい」藤原は下手な泣き真似をした。

「……酔っぱらってますね？」

「すみません。どうやら、今日は回りが早いようです」

藤原は困ったように頭をかき、力なく笑った。そんな幼く見える藤原が、少しかわいい。

「あれ、メイさんも顔が赤いですよ。大丈夫ですか？」

「あ……私も、今日はよく回るようです。疲れてるのかな」

「それはそうでしょう。警察に監視されながら仕事してるわけだし、普段より疲れるのも当然です」

「いえ、警察はもうほとんどいなくなりました。近藤さんか磯さんが時々いらっしゃる程度です」

これ以上あずき荘の施設内を調べても無駄だと踏んだのだろう、数日前に警察は突如撤収した。ここ最近はずっと警官が何人もうろうろしていたため、急にいなくなるとあずき荘が広くなった気さえする。

「実は、夜間も毎日見張っていたんですよ、あの人たち。職員の夜勤がある日もない日も。どこかへ隠した凶器を、犯人が取りにくるかもしれないってね」

「夜勤？　夜勤もあるんですか？　あずき荘ってデイサービスですよね」

デイサービスというのは、正式には「通所介護」といって、介護を必要とする人が、昼間に日帰りで利用できるサービスのことだ。一人では難しい入浴や食事などのサポートや、身体機能の維持・向上のための体操やレクリエーションの他、他者との交流により認知症予防も図れる。そういったサービスを提供している施設を「デイサービスセンター」といい、「デイサービス」や「デイ」と略すことが多い。

「正確に言うと、あずき荘はデイサービスではないんです。『小規模多機能型居宅介護施設』という硬い名前の介護施設なんです。デイサービスは『通い』だけのサービスですが、うちはそれに加えて『宿泊』と『訪問』もやってるんですよ。だから、宿泊者がいる日は夜勤もあります」

説明すると藤原は、納得したように大きく頷いた。

「そういえば祖母があずき荘にお世話になることに決まった時、そんなことを聞いた覚えがあります」

「和子さんは、訪問も宿泊も利用されたことがないですもんね。まだまだお元気ですから。それでも、急に体調を崩したり、同居家族が出張でいない時なんかは便利ですよ、小規模多機能型は」

「そうですね、便利そうです。急な事態で宿泊することになっても、宿泊専用の別の施設、要するに知らない人ばかりの知らない施設に泊まるのだと、それだけで気疲れしてしまいそうですからね。いつも通ってる施設で、顔なじみの職員に世話されながら泊まる方が気楽でしょう」

小規模多機能型居宅介護施設は、さまざまな支援を、同じ施設、同じ職員から受けられるため、利用者の混乱も少なくて済む。特に認知症患者は環境の変化に敏感で、引越しや、施設を移ったことで急に認知症が悪化してしまう人も多いと聞く。歳をとってからの生活環境は、できる限り変えない方がいいのだ。

「和子さんは、ずっと今のお宅にお住まいで?」

「僕が知る限りでは、ずっとあそこですね。段差の多い家だから、近々なんとかしなきゃならないんですが」

「和子さん、時々藤原さんのことを話しておられましたよ。昔からすごく頭がいいんだとか、かけっこもクラスで一番だったとか」

「それは完全なる身びいきと記憶違いですね。昔から勉強は苦手でしたし、体を動かすのは確かに得意でしたけど、さすがにクラスで一番にはなれませんでしたよ。まあ、孫っていうものは輝いて見えるものなんでしょう、祖父母にとっては」

「確かに。あずき荘にいらっしゃる皆さんのお孫さんたちが全員、皆さんが自慢する通りなら、日本の未来は安泰です。秀才に天才、スポーツでも名プレイヤーだらけ」

二人は声を上げて笑った。酔っぱらっていると言いながら、藤原は三杯目のビールを注文した。メイは三杯目にハイボールを注文した。

「そうだ、結局連絡先の交換を忘れていました」

藤原はいそいそとスマートフォンを取り出した。

「お誘いを断るためでも教えていただけるんですか？」メイは軽くふざけて笑う。

「いいんです。その代わり、次の約束を取りつけるまでは、電話が鳴り続けることを覚悟しておいてください」

顔の前に人差し指を一本立て、真剣な表情で忠告する藤原に、メイは腹を抱えて笑った。

互いに酔っているため、怪しげな手つきでＬＩＮＥの友だち登録をする。

「ふふ、藤原さんのアイコン、ひょっとしてメイちゃんじゃないですか？」

藤原のアイコンは犬の写真だった。ラブラドール・レトリーバーだろうか、クリーム色の大型犬だ。

「その通り、うちのメイです。覚えてましたか」

あの印象的な初対面を忘れられるはずがない。

「メイさんのアイコンは夕焼けの写真ですね。表示名は、『ミズキ328』ですか。数字は誕生日ですか？　三月二十八日？」

「いえ。三月二十八日ではなく、三十二・八です。地中海の底にある、塩水湖の塩分濃度です」

「……はい？」

「海底に湖があるんですよ。すごく神秘的で、ロマンを感じません？　私好きなんです、深海生物とかそういうの」

　前職で気が沈んでいたころ、たまたま間違えて録画してしまった深海の番組を見て、無性にわくわくした気持ちを今でもはっきりと思い出せる。死ぬまでには一度くらい、深海へ行ってみたい。

「メイさんて、面白い方ですね」

「その『面白い』って、『変な』って意味で使ってますよね」

「そこはご想像にお任せしますが……」

「そもそも、人のこと言えます？」

　じろりと見やると、藤原はあからさまに視線をそらした。

「えっと、『ミズキ』の方はどんな意味が？　あ、いえ。当てさせてください。その深海に木が生えてて、それが『ウォーターツリー』って名前である。というのはどうですか？」

　危うく、ハイボールを噴き出すところだった。

「いえ、その。名前です。私の」

「はい？」

「普通ですみません」

「え？　ああ！　名前でしたか。ミズキさん？」

「そうか、よく考えたら私、一度も名乗ってませんでしたね」

最初から、「メイさん」と呼ばれていたために、つい名乗り忘れていた。

「あずき荘は、ニックネームで呼び合う習慣があるんですね。ハルさんもそうだし、利用者の方にも、『おチヨさん』なんて声かけてませんでした？」

「はあ、習慣というわけでもないんですが……確かにニックネームは多いですね」

藤原は「いいことを思いついた」とばかりに、ぽんと手を打った。

「じゃあ僕にも、ニックネームをつけてくださいよ。あずき荘のしきたりに倣って」

「そうですね。それじゃあ……フジさん、はどうでしょう」

「フジさん？　山の富士山《ふじさん》みたいだなあ」

「嫌ですか？　じゃあワラさん？」

「ワラさ……いえ、だったらフジさんでいいです。今後は『藤原さん』なんて他人行儀な呼び方をしないでくださいよ」

「はいはい、わかりました、フジさん」

言いながら、メイはスマホを操作してＬＩＮＥにも「フジさん」と表示されるように設定した。

藤原自身があらかじめ設定していた元の表示名は特に面白みもなく「藤原」だったため、他の

「藤原」という名前の知り合いと区別しやすくていいかもしれない。

　連絡先の交換を終えたあとで、急に藤原が大きな声で笑い出した。何かおかしなことを言ったかと振り返ってみても、特に思い当たらない。たっぷり一分ほど笑い続け、ようやく笑いのおさまってきた藤原が口を開いた。

「ウォーターツリーって、自分でも何言ってたんだか、ははは」

　藤原は、笑いすぎでにじみ出た涙を人差し指で拭いながら、まだ笑っている。

「ああ、おかしい。駄目だ、本気で酔っぱらいました。もう殺人事件の話なんて、できそうもない」

「どうせもう、話すことなんかないですよ。警察も私たちも行き詰まってるし」

「うーん。じゃあ、こういうのはどうだろう？」

　酔っぱらったと言いながら、藤原は姿勢を正した。

「犯人は姫野さんを殺害したあと、部屋を出てリビング側へ逃げた。『日光の間』の前を走って通りすぎた際、『日光の間』にいた人間に目撃されたことに気づいた。暖簾と段ボール箱で、部屋から見えるのは上に着ている服くらいのものだろうと踏んで、急いで着替えて違う色の服を着用し、段ボール箱の陰になるようしゃがんで反対側まで戻り、もう一度『日光の間』の前を走り抜けた。そして更にもう一度同じことを繰り返す。一度目に着ていた服は、『緑』、『青』、『黒』の証言の三人が見た、緑色。着替えた二度目の服は、エイさんの見たという赤。そして三度目は、白い服だった。これならどうですか？　着ていた服の順番は適当ですが。おそらく犯人の目的は目撃証言の混乱ではなく、犯人が三人だったと思わせるためではないでしょうか。ところが、目撃者の全員が一度ずつしか廊下を見なかったため、こんな混乱した事態になった」

一応筋の通っている推理に、本当に酔っ払っているのかと疑ってしまう。酔ってはいても頭は回るタイプなのだろうか。メイも負けじと頭を回転させた。

「面白い推理ですが、さすがにそこまでの時間はなかったと思います。鈴井さんは大きな音を聞いてすぐに『木の間』へ向かったとのことですし、姫野さんが倒れてから『木の間』の前にたどり着くまでに、遅くても三十秒もかかっていないと思います。鈴井さんはあの時間洗濯の担当でしたから、洗濯室から『木の間』へは本当にすぐですしね。直線の廊下ですから、鈴井さんが『木の間』にたどり着いてからは、そんな工作をしていると見られてしまいます。犯人がいくら俊敏に動けたとしても、姫野さんを殺害してから部屋を出て五秒、『日光の間』の前を走り抜けて十秒、服を着替えるのに十秒、這って戻るのに五秒、もうこの時点で三十秒です」

「着替える予定の服を最初から中に着ていれば、すぽんと一枚脱ぐだけです。三秒もあれば脱げますよ」

「緑、赤、白と三枚重ねて着ていたということですか？　室内は冷房がついていたとはいえ、真夏ですよ？　冷房が苦手な高齢者が多いから、温度も高めに設定していますし。まあ仮に三枚着ていて、しかも脱ぐのに三秒だったとしても、やっぱり三度も『日光の間』の前を走るのは、時間的にかなり難しいと思います」

「しかし、二度走るくらいなら可能じゃないですか？　時間的にぎりぎりなのは認めますが」

「そうしたら結局、証言の相違性に話が戻りますよ。二度走ったなら、目撃証言は二色に分かれるはずです。『緑』、『青』、『黒』の証言がすべて『緑』を示していたとして、残るはもう一色のみ。つまり、『赤』と『白』も同じ色を示していなければなりません。それとも、『赤』か『白』のどちらかを、『緑』に見えたと考えますか？」

「それは……ええと、頭がこんがらかってきました」

「私もです」

二人は同時にアルコールに口を付けた。料理はほとんどなくなっている。飲み終えたらお開きだろう。

「その、洗濯担当だったっていう鈴井さんは、走り去る犯人の背中とか見てないの？」

「もし見ていたら、とっくに警察に話しているでしょう。でも、鈴井さんが『木の間』に駆けつけた時点では、殺人事件が起こったなんて考えもしていなかっただろうし」もちろん、鈴井が犯人であったなら話は別だ。「誰かが倒れたような音が心配だったら、もし走る背中があっても注視していなくて、覚えてないいんじゃないかなあ。本当はいけないんですけど、介護職は時間に追われていることが多くて、私も時々廊下走っちゃいますし」

ハルや山上なんかは非常によく走っている。

「そっかあ」と藤原は残念そうに眉を下げてため息をついた。

「ふじわ……フジさんは、実は犯人の目星とかついてないんですか。容疑者の一人として、真犯人を見つけようとか、そういった意気ごみはあるんでしょう」

「まったくないとは言いません。けどやっぱり、警察に任せるのが一番なのかなとは思ってますよ」

「でも……それならなぜ、わざわざ磯さんに捜査情報を聞いたんですか？　しかもそれを私にまで話した」

「それは……やはり、事件について詳しく知りたかったのと、メイさんならしっかりとした推理をしてくれるかなと思ったんです。ミステリ、よく読むんでしょう」

「ミステリを読むのと推理ができることは違いますよ。私、読みながら推理しないタイプですし。あれ、私ミステリ好きだって、フジさんに言いましたっけ」

「噂で聞きましたよ。国内のも、海外のも読むって」

誰から聞いたのだろう。ハルだろうか。

「以前は国内ものしか読まなかったんですけどね。翻訳ものは数年前に好きになったんです」

「翻訳ものですか。例えば、どんなものを読むんですか」

「最近読んで面白かったのは、ディック・フランシスの『横断』かなあ。全然最近の本じゃないですけどね。スマートに潜入捜査する主人公が格好よくて」

「面白いの？　じゃあ僕も読んでみようかな」

メイは慌てて手を振った。

「読み慣れていないと、古い翻訳ものは読みづらいかもしれませんよ。文章が古めかしいので」

自分が面白いと思ったものは、人にも面白いと思ってもらいたい。翻訳小説慣れしていない人に昔の翻訳小説を読ませるのは、バタ足を練習している人にバタフライを強要するようなものだ。どうせなら、もう少し泳げるようになってから読んでもらいたい。

「そうなの？　じゃあ、最近のものでおすすめは？」

「そうですね……」藤原の前のビールが目に留まった。「フジさん、ビール好きですよね？」

藤原はジョッキを持ちあげてにんまりとした。「もちろん」大きく一口飲む。

「じゃあ、エリー・アレグザンダーの『ビール職人の醸造《じょうぞう》と推理』をおすすめします。ミステリがどうの以前に、ビールを飲みたくなること間違いなし」

「おっ、それは期待大ですね。ビール片手に読める環境で読んでみるとします」

藤原がビールを飲み干したのを見て、メイもグラスを空けた。

「メイさん。二軒目、行きませんか」

「酔いも回ってますし、今日はこれで失礼します」

行きたいのは山々だった。藤原は一緒にいて面白いし、楽しい。だが、彼には婚約者がいる。

藤原は少しだけ残念そうにしたが、「ではまた今度」と笑った。

家まで送るという藤原をどうにか説得し、二人は店の前で別れた。

「メイさんたち、結構大っぴらに調査してますよね。心配です。いずれ犯人の耳に入るかもしれませんよ。というより、既に犯人に知られてしまっている可能性すらある。くれぐれも気をつけてくださいよ。何かあったら駆けつけますから、すぐ電話ください」

藤原は長々と念押しして、後ろ髪を引かれるように何度も振り返りつつ、駅へと歩き去った。

確かに、目立つように動きすぎていたかもしれない。せめて話を聞いた関係者に口止めくらいはしておくべきだった、とメイは悔やんだ。

普段よりはるかに周囲に目を配りながら、家へ帰った。特に何事もなかったが、今後も警戒は緩めない方がいいだろう。戸締りをしっかりと確認し、ようやく安心できた。

和歌山にいるハルにも一応、注意喚起のＬＩＮＥメッセージを送っておいた。返事はすぐに来たので、ハルも無事のようだ。

ハルからの返事の直後、藤原から電話がかかってきた。

藤原の用件は、今日の御礼と、無事帰れたかの確認だそうだ。律儀な男である。

「何事もなくてよかったですよ。今後は、護身グッズを携帯しておいた方がいいかもしれませんね。防犯ブザーなんかも」

「そうですね。防犯ブザーと、あとは……」

「小型のスタンガンはどうですか？　携帯しやすいし、力やテクニックがなくても使えるから便利ですよ。そうだ、よかったら一つプレゼントさせてください」

「えっ。いえいえ、駄目です」

「そう高価なものにはしませんよ。あ、ハルさんの分も必要ですね。二つ、近いうちにお持ちします」

「あの、いいです、いりません」

「いやあ、絶対に必要ですよ。用心は大事ですからね。油断大敵」

「そうでなくて。その、自分で用意しますから」

「遠慮はいりませんよ。ではまた、近いうちに」

「あの、ちょっと」

「今日は本当にありがとうございました。では、お休みなさい」

「ちょっと、フジさん、ま――」

一方的に切れた電話に、メイは嘆息した。桜子の言う通り、一生懸命だが少しずれている男だ。その「ずれ」が災いして、殺人に走る可能性はあるだろうか。

メイは強くかぶりを振った。犯行時刻、彼がリビングにいたことは、他でもないメイが知っている。

そしてそれ以前に、メイは彼が犯人だと思いたくなくなっていた。

7

週明け、台風はうまく日本列島を避けてくれた。

快晴の月曜日、メイとハルはＪＲ大崎《おおさき》駅前にある姫野の運送会社に来ていた。予想以上に大きいビルで、少し気後れしてしまう。

「ねえメイ、桜子さんが話つけてくれたんだよね」

「うん。ちゃんとアポ取ってくれたって、電話あった」

自動ドアの前で時間を確認すると、ちょうど約束の午前十一時だ。広々とした一階のフロアへ足を踏み入れると、受付の女性がにこやかな笑みを向けてくれた。

「あの、あずき荘という介護施設の、荒沼と明治と申します。三好《みよし》さんと面会の約束があるのですが」

「はい、伺っております」

二人は最上階の応接室に通された。部屋の隅に置かれた大きな花瓶や、重厚なタッチの絵画といった調度品のどれもが非常に高価そうで、どぎまぎしてしまう。

とんでもなく座り心地のいい、ふかふかのソファに埋もれていると、ほとんど待たされずに男性が入ってきた。年齢は大和と同じくらいだろうか。人の好さそうなたれ目の周りには、多くの笑いじわが刻まれている。

男は代表取締役の三好と名乗り、社内では最も姫野と親しく、プライベートでも一緒に飲みに行ったり、ゴルフをしたりする仲だったそうだ。手渡された名刺には、他にも色々な肩書きが書いてあったが、これ以上緊張感を高めないために、見ないようにした。

「今回の一郎さんの件は、本当に残念でした」三好は悲しそうに目を伏せた。「あんないい人が殺されるなんて」

「それなんですが、姫野一郎さんの交友関係についてお聞きしたくて。私たち、一郎さんのお孫さんである桜子さんのご依頼で、色々と調べているんです」

桜子の依頼を建前にする、というのはハルの提案だ。ただ興味本位で調べている、と言うよりも協力を得られそうだという魂胆と、もし桜子に問い合わせられても、肯定してくれるだろうという見込みからだ。

「そうでしたか。交友関係とはいっても、一郎さんもお歳がお歳でしたから。気の置けない友人となると、ほとんどがもう他界されていたので、本当に私くらいのものじゃないでしょうか。年齢は二回りも違いますが、私は入社当時から一郎さんに目をかけていただいていて。もう三十年以上も親しくさせていただいておりました。十年ほど前に退任されてからも、食事をご一緒したりですとか、時々お会いしていましたし」

目を細めると、笑いじわが更に深くなった。

「一郎さんに恨みを持っていた人物に、心当たりはありませんか」

「一郎さんはね、恨みという言葉から一番遠いところにいるような人間でした。ただ、認知症になってからは、少し怒りっぽくなってしまったようでしたが。それでも、長年の仕事っぷりも誠実でしたし、あの人が恨まれるだなんて考えられません」

「仕事面では、何かトラブルはなかったのでしょうか」

「そりゃあ、会社を守っていくためには、多少の軋轢《あつれき》もありましたがね。どうしても条件が折りあわず、契約をお断りした企業もありましたし、社に重大な損失を与えた社員に厳重な処罰を与えたりもしましたよ。しかしですね、一郎さんはいつも筋を通していましたし、何も間違ったことはやっていないんです。相手もそれを重々承知しているものだから、根に持ったり、やたらに騒ぎ立てたりすることもない。上に立つ人間の、お手本のような存在でした」

「では逆に、一郎さん自身が快く思っていなかった方はいらっしゃいますか」

「それも難しい問題ですね。通っている介護施設に……あ、あなた方の介護施設に、気の合わない女性がいるという話は聞いたことがありますよ。ただ、やりすぎた過ちを注意するというような雰囲気で、過剰に攻撃的には見えませんでしたけどね」

和子のことだろう。

「あとは、桜子ちゃんの依頼だからご存じとは思いますが、桜子ちゃんの婚約者……イツキさん、でしたか。最初は、件の女性の孫だから、ということで反対していたようですが、会えば会うほど頼りなさが浮き彫りになってきた、と一郎さんはおっしゃっていました。『あんな覇気のない弱々しい男に、桜子を任せられるか！』とね。その二人くらいじゃないでしょうか、一郎さんに好かれなかった人間というと」

メイとハルは視線を交わしあった。

何か新しい事実が出てくるだろうと踏んでいたのだが、見事に何もなかった。もちろん、会社内の親しい人間が容疑者になるのが嫌で事実を隠している可能性はあるが、本音を聞き出すテクニックなんて、メイにもハルにもない。二人とも、探偵でも刑事でもない、ただの介護士なのだ。

数分で、用意してきた質問を終えてしまった。他に聞くことはあるだろうか。

ふと、最近読んだ翻訳ミステリ小説の、主人公の刑事になりきればいいと思いついた。「ダンディ警部シリーズ」の最新作、『誤認五色《ごにんごしょく》』を先日読み終えたばかりだった。

主人公は仏頂面で恰幅《かっぷく》のいい、車を運転しながらドーナツとコーヒーで朝食を済ませるような、ステレオタイプでダンディな刑事だ。警部で、名前はジョーンズ。脳内で、ジョーンズ警部が口を開いた。

「最近、一郎さんの周囲で何か変わったことはありませんでしたか」

「私が知る限りは特になかったように思います」

「どんな些細《ささい》なことでもいいんですがね。……いいのですけれど」

気をつけないと、口調までジョーンズ警部になってしまう。

「些細なこと、ですか。最近は競馬に夢中になっていたようですよ」

「競馬ですか」

競馬といえば賭博《とばく》。金銭トラブルの宝庫だ。

メイに乗り移ったジョーンズ警部が前のめりになった気配を感じたのか、三好は慌てて顔の前で手を振った。

「いえ、競馬場へ行ったり、馬券を買ったりすることはなかったようです。テレビの前で、気に入った馬を応援するだけでした。なので、金銭トラブルはなかったはずです」

ジョーンズ警部は、がっくりと肩を落とした。

「あとは、ここのところ、あんみつに凝っていたようです。最近変わったことといえば、その程度ですね」

こちらは、もっと関係のなさそうな情報だ。

「最初に一郎さんの事件を聞いた時、どう思いましたか」

「当然、びっくりしましたよ。息子さんの大和さんから電話で聞いたのですが、事故の間違いじゃないんですか、って思わず聞き返してしまいました」

「大和さんもこの会社に?」

「いえ。『大和には会社を継ぐ気はないようだから、この会社はおまえに頼む』と、四十になる前からお話はいただいていました。私は大和さんと同世代ですが、ちょうどそのころに、会社を継ぐつもりはないと大和さんが宣言されたらしいんです」

三好はちらりと腕のロレックスを見た。壁の時計を見ると、話し始めてから二十分ほどが経過している。ジョーンズ警部もそろそろ手札がなくなってきたし、切り上げる頃合いだろう。

「他に、最近の一郎さんのご事情に詳しい方の心当たりはありますか」

三好は、少し思案してから首を横に振った。

メイとハルは丁寧に礼をし、退室した。

「全然収穫なかったね」

正午前。二人は駅前のバーガーショップに腰を落ち着けた。ぼやくメイと対照的に、ハルは楽観的に笑う。

「探偵の仕事なんて、そんなもんでしょ」

「だってあんなに緊張したのに、何の進展もなかったなんて」

「まあまあ。競馬やあんみつだって、実は重要な手がかりかもしれないじゃん」

チーズバーガーにかぶりつくハルを見て、メイもため息をつきながら照り焼きバーガーの包装を解いた。このあと午後一時に藤原の同僚と約束しているため、先に昼食を取っておこうと決めたのだが、緊張しすぎたせいで空腹かどうかもわからない。

「まったく、景気悪い顔して。かわいい顔が台無しだよ、メイ探偵」

「かわいさならどうせハルに負けるし」

「実際、かわいいかわいいってよく言われるけどさ。『かわいい』って、『幼い』も包含してるでしょ？　仮に『幼い』って意味を引いたら、かわいいとはまったく言われなくなるんだろうなと思うと、フクザツ」

ハルは自分の童顔を気にしているらしい。先日、桜子のような「童顔でも美しい女性」に会ったものだから、余計に気になるのかもしれない。八つ当たり気味に雑な仕草で、ポテトでこちらを指してくる。

「『幼い』を引けば、私よりメイの方がかわいい顔してるんだから。美肌だし、二重だし、輪郭《りんかく》だってきれいな卵形」そう言われて悪い気はしないが。「とにかく、もっと景気いい顔してよ。午後もあるんだよ？　イツキさんの会社」

「だから景気悪い顔してるんでしょう」

「もう。あ、そうだ。和歌山土産あげるから、元気出して」

ハルはごそごそと鞄をあさって、小さな瓶をメイに手渡した。南高梅《なんこううめ》の梅干しだ。見ただけで口内に唾液が出てくる。

「リクエスト通りのお土産、ありがとう。おばあちゃん元気だった？」

「うん、めちゃくちゃ元気だった。ほうきを持って、干物を盗んだ野良猫を追い回してたもん」

「パワフルだね」

「そうなの。だから病気や怪我《けが》の心配もなくて、全然会いに行ってなかったんだよね。けど、今回の姫じいのことがあってさあ、いつ会えなくなるかわからないよなあって思って、久しぶりに会いに行ったの。ほんとは避暑地に旅行でもしようと思って連休取ってたんだけどね」

ハルは一見、自由奔放な人間で、いつも他人を振り回すが、実は情に厚いところもある。そんな性格が、あずき荘の利用者からも人気のある理由だった。

メイも、長野の実家に父方の祖父母がいる。母方の祖父母は幼少のころに他界しているが、だどれひとつとして同じ悩みはない。

白野真澄はしょうがない

Okuda Akiko

奥田亜希子

四六判上製・1600円 E

装画：三好 愛

しょうがないことは、しょうがない。

「白井真澄」という同じ名前を持つ者の、五者五様のわだかまりと秘密。生きるのに少し不器用で頑固な者たちを優しい眼差しで掬いあげる傑作短編集。

第五回創元SF短編賞受賞作「風牙」を含む連作短編集

記憶翻訳者 いつか光になる

Monden Mitsuhiro

門田充宏

【創元SF文庫】880円 E

人の記憶を抽出し、他人にも分かるように翻訳する技術が開発された。記憶翻訳者の珊瑚は、依頼人の思いや葛藤が渦巻く記憶世界に身ひとつで飛び込む――デビュー作『風牙』を改題・再編集。

装画：日田慶治

永遠の名作を愛してやまぬ作家陣が贈る公式トリビュート！

銀河英雄伝説列伝 1

田中芳樹 監修【創元SF文庫】900円 E 装画：星野之宣

石持浅海・太田忠司・小川一水・小前亮・

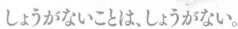

の青春時代の思い出、　が綴られる。ラインハルトの新婚旅行で起きた椿事、ヤ
安楽椅子探偵オーベルシュタインの名推理。序文＝田中芳樹

願いの桜　千蔵呪物目録2　佐藤さくら

願いの桜に願い事をすると、叶うらしい。だがそれには代償が……。呪物を求めて旅をする少年朱鷺と兄冬二が出会う不思議な出来事と、心に悩みを抱える人々。シリーズ第二弾。

図書室の怪　四編の奇怪な物語
マイケル・ドズワース・クック／山田順子 訳　920円Ⓔ

旧友の館を訪ねたジャックが目にしたのは、窶れ果てた友人と彼の亡き妻の残した奇怪な手記だった。表題作「図書室の怪」等四編を収録。クラシックな香り高い英国怪奇幻想譚。

好評既刊■創元推理文庫

ジョン・ディクスン・カーの最終定理　柄刀 一　780円Ⓔ

巨匠J・D・カーが挑み、見事謎を解き明かしたもののその真相はなぜか失われている、第二次世界大戦前夜の英国で起きた超常的犯罪——短編版を完全改稿の上長編化して贈る。

その裁きは死　アンソニー・ホロヴィッツ／山田 蘭 訳　1100円Ⓔ

すべての年末ミステリランキングで第一位に輝いた『メインテーマは殺人』に匹敵する、ホーソーン＆ホロヴィッツシリーズ第二弾。驚嘆確実、完全無比の犯人当てミステリ！

たとえ天が墜ちようとも
アレン・エスケンス／務台夏子 訳　1180円Ⓔ

高級住宅街での殺人の陪審裁判で対決する、親友同士の刑事と被告人側の弁護士。たとえ友情を失おうとも、正義を為す。『償いの雪が降る』の著者が描く激動の法廷ミステリ！

菖蒲狂い　若さま侍捕物手帖ミステリ傑作選
城 昌幸／末國善己 編　1400円Ⓔ

正体不明の若侍は名探偵！　二五〇編近い短編から厳選した二十五編を収録。「五大捕物帳」の一つにして、『隅の老人』に連なる、伝説の元祖安楽椅子探偵シリーズの決定版！

好評既刊■創元SF文庫

時間旅行者のキャンディボックス

■碁楽選書　四六判並製

AIの場合——小目の布石など

金《キム》成来《ソンレ》／洪《ホン》敏和《ミンファ》訳　1800円

アルファ碁の登場で、これまで人間が積み重ねてきた知識が簡単に崩れされる時代になった。しかし悲観的に考えることだけではない。AIによって新しい世界が開けたのだから。

■単行本

ミステリーズ！ vol.103 OCTOBER 2020

A5判並製・1200円

第三十回鮎川哲也賞、第十七回ミステリーズ！新人賞選評。第十七回ミステリーズ！新人賞受賞作、「影踏亭の怪談」「嚙む老人」掲載。読み切り、市川憂人シリーズ最新作ほか。

コーチ

堂場瞬一　四六判上製・1700円 E

それぞれに行き詰まり悩む所轄署の三人の若手刑事が、人事課から派遣された向井のアドヴァイスをそれぞれに受ける。本部に呼び戻され、そこで向井の過去を知った彼らは……。

E印は電子書籍同時発売です

■創元推理文庫

《ギディオン・フェル博士》シリーズ

死者はよみがえる【新訳版】

ジョン・ディクスン・カー／三角和代 訳　920円

惨酷不可解な殺人、殺人現場で目撃されたという謎の人物……名探偵フェル博士が指摘した十二の謎がすべて解かれるとき、驚愕の真相が明らかに！　巨匠の独擅場たる本格長編。

《刑事オリヴァー&ピア》シリーズ

森の中に埋めた

ネレ・ノイハウス／酒寄進一 訳　1600円 E

小さな村で起こる連続殺人は、被害者や容疑者のほとんどがオリヴァーの顔見知り!?　さらに彼の過去が事件に関係している可能性が。大ベストセラー警察小説シリーズ最新作！

新宿なぞとき不動産

内山 純　760円 E

※『ツノハズ・ホーム賃貸二課におまかせを』改題・文庫化

新宿の不動産会社で働く賃貸営業マン・澤村聡志。パートナーで優秀な後輩・神崎くららに振り回される日々。さらに担当物件は謎ばかりで!?　こころあたたまる不動産ミステリ。

からこそ元気なうちに祖父母は大事にしなければいけないと、メイの母親がいつも話していた。近いうちに帰省しようかと、ぼんやり考える。

「私がいないあいだ、調査に進展あった？」

「あるわけないじゃん……いや、あった」

「なになに」

「お年寄りってさ、よく緑のことを青って言ったりするじゃん」

「ああ！　そういえばそうだね」

ハルは大きくチーズバーガーをがぶりとやって、考えこんだ顔つきでゆっくり咀嚼したあと、また口を開いた。

「そうだ、それで思い出したけどさあ。エイさんの『赤』の証言って、正確には何て言ってたの？　できるだけエイさんが言ったままを知りたいんだけど」

「え？　わかった」


「さっき、大っきい音ひたやろ。誰かこけたん？」

「日光の間」からトイレに行くというエイの杖歩行に寄り添って歩いていると、質問された。

和歌山出身のエイは、こてこての和歌山弁を話す。会って間もないころは、語調がきつく感じてびくびくしていたが、きちんと話してみると気さくで面白い女性だった。

「音しました？　リビングにいると聞こえませんでしたけど」

「どたーん、て、どえらい音やったで。そのあとすぐに、誰かこっちへ大急ぎで走ってきたさけ、誰かこけて怪我ひたんやろなあと思たよ。ほいで救急車も来たやろ」

「走ってたのって、職員ですか？　施設内は走っちゃいけないのに、注意しておかないと。ぶつかったら危ないですもんねえ」

「さぁよ。ほいでも、どえらい速さやったしなあ。ちゃんと注意ひてよ。暖簾で顔は見えやなんだけど、がっちりひた身体やったさけ、兄ちゃんやと思うで」

「兄ちゃんか。誰かな」

「日光の間」を出た時、メイは部屋の入口にあった段ボール箱をざっと脇へ寄せた。やたらと重くて息が上がるが、このままではエイが通りにくい。既に誰かが少しは動かしたのだろう、メイなら横向きで通れる程度の隙間は空いている。しかし、杖をついている人間はそうもいかない。

トイレのあと、「日光の間」へ戻るというエイにはリビングのソファで少し待ってもらい、メイは邪魔な段ボール箱を本格的に動かしにかかった。先ほどは急いでいたため隙間を少し広げるだけで通ってもらったが、トイレを終えた今なら段ボール箱を完全に退ける時間がある。誰が置きっぱなしにしたのだろうと胸中で文句を言いながら、部屋の入口を大きく空けた。

「メイちゃん、おおきによ」

「いえいえ。けど、こんなに段ボールがあったら、走り去った人の上半身が少し見えただけでしょう。本当に兄ちゃんでした？」

「兄ちゃんやったで、ほんまに」

「でも、ここの廊下の電球、さっきまで切れてたでしょう。暗くてよく見えなかったんじゃ?」

「そんなことないで、電気は点いてたさけ。Tシャツかなんか着てたで。赤かったさけ、よう見えた」

「赤かった?」

「うん。赤かった」


エイの「赤」の証言や、和歌山弁もできるだけ忠実に再現したつもりだったが、自信はない。

ハルを見ると、残ったチーズバーガーをトレーに置き、右目を細めて黙りこんでいた。小指でトレーをとんとんと叩いているため、バーガーが小刻みに震えている。

「ハル? 何かわかったの?」

「……ううん。何でもない」

「ところでさ。今日のために用意してた質問、全然足りなかったね。イツキさんの会社でも同じことになりそう。他にも質問、思いつかない?」

「しっかりしてよメイ探偵。私にわかるわけないいじゃん」

「ひどい。ハルも考えてよ」

ハルは大仰に腕を組み、顔をしかめた。

「うーん。ていうかさ、今更だけど、犯行時刻のイツキさんのアリバイって、どういうものだったんだろ」

「あれ？　言ってなかったっけ」

そもそも、近藤刑事から伝わっていると思いこんでいた。

「私が、犯行時刻にリビングにいたイツキさんを見てるの」

「メイが？　それって、確か？」

「失礼ね。イツキさんの無実を証明したいんでしょ」

ううむ、と唸《うな》って、ハルはまた腕を組んで考え出した。

「同僚さんとの約束って、一時に七階の防火扉前、だったよね？」

藤原の勤める会社は蒲田《かまた》にある。大崎からは電車で二十分ほどだが、目的地は駅から少し歩くらしい。あまり悠長に作戦を練る時間はない。

「うん。イツキさんや他の社員には秘密でって、桜子さんが話を通してくれた」

「……今気づいたんだけど、イツキさんに出くわしたらどうするの」

「あ」

ハルもメイと同じく、そこまで考えが及んでいなかったらしい。

今日は月曜日。普通の会社員なら出勤しているだろう。桜子の話によると藤原は基本的に内勤らしく、社外に出ている可能性も低そうだ。調査ができなくなる心配よりも、疑っているとバレたら単純に気まずいし、今後、利用者の家族としての関係にも影響してくる。

もちろん、秘密の調査だからわざわざ防火扉前なんて奇妙な場所で会うことになっているのだが、それでも藤原の勤務場所である限り、出くわす可能性は大いにある。

「今更だけど、イツキさんの会社に行く必要あるのかなあ。イツキさんが無実、って前提での調査なんだから、イツキさんの周辺を調べる必要はないでしょ」

弱気な発言をするメイを、ハルは一喝した。

「駄目だよ。さっきも言ったけど、今の段階では何が重要な手がかりになるかわかんないんだから。ひょっとしたら、イツキさんが無実である絶対的な証拠が出てくるかもしれないでしょ」

「でもじゃあ本当に、イツキさんがいたらどうするの」

ハルはまたもや唸り声を上げたあと、残りのバーガーを一気に口へ詰めこみ、ほとんど噛まずにコーヒーで飲み下した。

「大丈夫！　一時なら、イツキさんが昼食に出てる可能性がある！」

「そんな運任せな」

「確実にいる時間帯に行くよりマシでしょ。お昼時の約束でよかった。ほら、食べ終わったならそろそろ行くよ」

トレーを片付けて歩き出したハルを追い、メイもバーガーショップを出た。調査モードに切り替えるため、メイは脳内のジョーンズ警部に呼び出しをかけた。

七階建ての薄暗い雑居ビルには、立派な姫野の会社とは違って一階に受付はなかった。ビル前の通りは人通りもほとんどなく、寂しい印象だ。

「よし、七階だね。こっちも最上階か」

エレベーターに近づこうとし、メイは足を止めた。ぎこちない動きでハルを振り返る。

「あのさ……もしエレベーターが七階に着いた途端、乗ろうと待っていたイツキさんがいたら……鉢合わせするよね」

「それに気づいてほしくなかった」

「私だって気づきたくなかった」

二人はしぶしぶ階段を探し、七階を目指して古びた階段をのろのろと上がり始めた。

階段は、想像していた以上に苦行だった。

姫野の会社では経営者に面会するので、今日の二人はスカートタイプのスーツできめていた。靴だって黒の革のパンプスで、ヒールの高さもきちんとある。まさか七階まで階段で上がるだなんて、予想していなかったのだ。

最初のうちは、「つらい」「疲れた」「もう無理」と、情けないながらも言葉を発していたのが、五階をすぎるころには二人ともただただ無言で、一段ずつ足を上げ続けた。

ようやく七階へ着いた二人は、しばらくその場で呼吸を整えた。オフィスフロアと階段は防火扉で隔《へだ》てられているため、この踊り場なら人に見られずに一息つける。ビル自体が古くて掃除も行き届いておらず、息を吸いこむたびにすえたような臭いが鼻につくのが不快だったが。

「これで廊下に出た途端、イツキさんに出くわしたら世界を呪う」

顎《あご》から汗を垂らし荒い息を吐きながら、ハルは途切れ途切れにそうこぼした。あずき荘の利用者には到底見せられないような形相だ。

「うちに御用ですか？」

階段を上ってくる音が聞こえたかと思うと、急に背後からかかった声に、二人はぎくりと肩をこわばらせた。下の階から現れたのは、眼鏡をかけた若い男だった。メイやハルよりも少し年上だろうか。

突然のことと、いまだ息も上がっているために、言葉が出てこない。それに気づいた男は苦笑した。

「ああ、失礼。このフロアの、ＧＧ・ネクストの者です」

藤原の勤める会社名は、「株式会社ＧＧ・ネクストステージ」だ。七階に他社のオフィスは入っていない。

「あの、そちらの柊《ひいらぎ》さんと面会の約束があるのですが。荒沼と明治と申します」

「ああ！　はいはい。桜子ちゃんから聞いてるよ。柊は俺です」

柊は急にくだけた態度に変わった。「柊七海《ななみ》」と書かれた名刺を渡しながら、「女みたいな名前ってのは禁句。七海ちゃんって呼ぶのは可。君たちは？」と気さくに尋ねてきた。

「荒沼東子。ハルって呼んで」

「私は明治瑞希。メイでいいです」

「ハルにメイね。で、イツ……じゃなくて、あいつのことで来たって？　悪い、名前出さない方がいいんだったな。あいつには秘密なんだろ？　今はあいつ、どうせ昼飯に出てるけど」

「あの人は、何時ごろ帰ってくるの？」

「出ていくあいつとビルの入口ですれ違ったところだから、一時間近くは戻ってこないと思うぜ。けど戻ってきたとしてもあいつ、階段なんか使わねえから、ここにいれば出くわすことはねえよ。俺は体力落とさねえようにこうして時々階段使ってっけど。プログラマーって仕事は、体力勝負だけど座りっぱなしだから、どんどん衰《おとろ》えてくからなあ」

藤原がプログラマーだということは桜子から聞いていた。偏見かもしれないが、黙々と取り組む職人肌のイメージのプログラマーは、藤原の開けっ広げなイメージと合わず、少し意外だった。しかし目の前の柊のことも考えると、プログラマーという人種には案外開けっ広げな人間が多いのかもしれない。

あいつもたまには階段を使えばいいのに、と柊は呟いたが、今はエレベーターしか使用しない藤原の習慣が実にありがたかった。

ほっとして、メイとハルは聞きこみを開始した。

「まず、あの人と一番親しい人を教えてほしいんです」

「俺じゃねえかな。明石《あかし》や日高《ひだか》って同僚ともよく話してるけど、俺とあいつはデスクも隣だし、一番話す機会が多いからな。運がよかったな、二人とも」

七階まで息も絶え絶えに上がってきたのだから、そのくらいの幸運はあってしかるべきだ。

「じゃあ逆に、仲が悪かったのは？」

「うーん。腰の低いやつだし、嫌ってる人間はあんまりいねえと思うけどな。ああ、取引先の古《ふる》屋《や》って女性社員があいつに告白して、婚約してるからって断られてからはあいつを避けてるけど、嫌いになったってふうにも見えねえし」

藤原は女性にもてるようだ。桜子もこれでは心配が絶えないだろう。祖父や兄には受けが悪いかもしれないが、一部の女性にとっては、あのざっくばらんなユニークさが非常に魅力的に映るのだと、メイは認めざるを得なかった。

「最近、あの人の周りで変わったことはありませんでした？」

「変わったことっていうと、暇さえあれば手土産持って姫野のじいさんに会いにいくようになったってことだな」

「それ以外には？」

「急には思いつかねえなあ。何か思い出したら言うよ。他には？」

「そのう、それが、私たち探偵でも刑事でもないもんで、他に何を聞けばいいのやら……」

ジョーンズ警部、もといメイが言いよどむと、急にハルがまくし立てた。

「ええい、何でもいいのよ、何でも。何でもいいから、何かあの人の無実を証拠立てるような情報はないの？」

「そう言われてもな。警察の同情を誘うようなことくらいしか思い浮かばねえなあ。ほんとに、少しでも時間があればじいさんに会いにいってたとか、毎回じいさんの要望に応えるために東奔西走して、色んな土産を持っていってたとか」

「この事件は衝動的な殺人じゃなくて、計画犯罪の可能性が高いの。犯人が前々から計画していたのなら、そういう情に訴えるような逸話だって重要になるはず」

熱のこもった口調で、ハルは力説した。

凶器の消失、目撃証言の不一致、容疑者も絞れず。三拍子そろった不可解な状況から、計画殺人の可能性が非常に高く、衝動的な殺人の線はほとんどないと近藤刑事は考えているらしい、とハルから先ほど聞いた。これが衝動的な殺人であれば、隠し切れなかった手がかりが少しは残っているはずだ、と。もちろんそれが事実とは限らないが、ハルも近藤刑事と同じ考えのようだ。

「それよりさあ、犯人の指紋みたいな、そういうしっかりした証拠は出てこなかったのかよ」

それにはメイが答えた。「なかったみたいです。事件発生から警察が来るまでに、一時間近く経ってたから。事件現場の引き戸や室内も、私のような職員や利用者の指紋しか出なかったらしいし、肝心の凶器も出てこないし。それ以前に、計画犯罪だったなら指紋対策くらいしてたんじゃないかな、犯人も。ビニール手袋なんて、介護用のものが施設のあちこちに置いてあるしね」

しかも、姫野が救急車で運ばれたあと、メイが「木の間」のベッドの乱れを直したり、姫野の荷物を開けて中身を確認したりしてしまった。救急隊員の一人がかなりの汗かきで、ぽたぽたと汗が多く落ちたために、拭《ふ》き掃除までしてしまったのだ。手すりや引き戸の取っ手もしっかり拭いた。

鑑識が到着した時点でそれを伝えた時、露骨に嫌な顔をされてしまったくらいだ。

「なるほどね。けど、前々から殺人を計画してたようにはまったく見えなかったぜ。事件の前日だって、最近じいさんがあんみつに凝ってるって新情報を手に入れた、って嬉しそうに給湯室で寒天作ってたからな」

「事件の前日って、土曜ですよね。会社で作ってたんですか？　自宅じゃなく？」

「うちは土曜も出勤だからな。それにあいつ、料理はからっきしでよ。寒天さえ作るのに自信がなかったらしくて、ここなら料理が得意な社員に聞けるし、いちいち細かく教えてもらいながら作ってたぜ。俺もまあ、アドバイスできるほど料理しねえし、見てただけだけど」

「料理が得意な社員って？」

「前田《まえだ》と榊《さかき》。呼んでこようか？」

二人が頷くと、柊は親指を立ててフロアに入った。

メイとハルもこそこそと階段室から顔を出して、オフィスフロアをうかがってみた。

メインフロアの扉は大きく開いており、紙コップを持った社員たちがのんびりと歩いている。三人の女性社員が、弁当らしい包みを持ち、笑顔でお喋りをしながら部屋を出ていった。見つかりそうになって、メイとハルは急いで顔を引っこめた。お昼時だからかもしれないが、雰囲気のいい職場に思える。

柊はすぐに女性社員を一人連れて戻ってきた。

「榊のやつ、飯行ってていねえわ。前田だけでいい？」

「なんなの、私もランチ行きたいんだけどお」

前田と呼ばれた女性社員は、ネイルアートをほどこした長い爪をいじりながら、気だるげな視線をメイたちへ向けた。濃いといえるほどのメイクをしているが、顔つきの幼さは隠しきれていない。メイたちと同じくらいか、少し年下かもしれない。

もう午後一時をすぎているし、空腹を強く感じる頃合いだろう。申し訳なく思いながら、二人は事情をかなり手短に話したあと、本題に入った。

「あの人が寒天を作るのを手伝ったそうですね？」

「手伝ったっていうほど何もやってないよお、いつもこんな爪だし。家ではビニール手袋を着けて料理するけど、会社にはそんなものないしね。彼が、これでいいのか、次はどうするんだ、ってずうっと聞いてくるから、適当に返事してただけってわけ。ま、寒天の作り方くらいなら簡単だし、メプリーズ・サンククルールのランチおごってくれるって約束だったしね」

メプリーズ・サンククルールとは、最近人気のフレンチレストランだ。料理のどれもが色とりどりの花束をイメージして盛りつけられており、若い女性のあいだで「ＳＮＳ映えする」と非常に話題になっている。メイも一度行ってみたいと常々思ってはいたが、値段を考えると少しだけ躊躇《ちゅうちょ》してしまう。高級フレンチと称されるほど手が出ない領域ではないが、ランチに三千円かけられるほどの収入があるわけでもない。

「作っていたのは普通の寒天でした？」

「普通の寒天だと思うよお。てゆうか彼、私や榊ちゃんの言う通りにしか手を動かしてないから、他に何も入れてないと思うし、変なものができるわけないってゆうかあ」

「作ってる時、他に何か言ってなかったですか」

「別に、なあんにも。作り方以外は仕事の話ちょっとしたくらいかなあ」

「何でもいいので、何か気づいたことはありませんか？」

わらにもすがるような思いで尋ねたが、前田は首を振って否定した。柊はどう声をかけていいのかわからない様子だ。

「もう行っていーい？」

礼を言って前田を解放すると、メイとハルは同時に脱力した。

結局、今日の調査の進度はゼロに等しい。姫野と藤原の会社でも、何ら情報を得ることができなかった。

しかし逆に考えて、これだけ調べても何も出てこないということは、藤原が犯人でない証拠ではないか、とメイは自分を慰めた。自分たちの行動を正当化しているだけだとわかってはいたが、ここまで手がかりがないと、どうにも無力感が先に立ってしまう。

藤原と出くわさないように、帰りも階段を使った。来た時と違って急ぐ必要はないため、ゆっくり下りた。しかし、明日はきっと筋肉痛になるだろう。

柊は一階まで送ってくれた。

「そうそう、関係ないかと思ってこれは警察には言ってねえけど、あの日、あいつは結局、あんみつの材料を全部そろえきることはできなかったみたいだぜ。土曜は仕事終わるのが遅かったから、日曜、つまり事件当日の朝に、あんみつの材料を買いに行ったらしいんだよ。けど、あいつの家の近くのスーパー、安い代わりに品ぞろえがイマイチでさ。豆とか白玉とか、ミックスフルーツ？　みたいな缶詰も買いたかったらしいんだけど、なかったんだと。俺、あの日はたまたま駅であいつと会ったんだけど、『これじゃあんみつとしては中途半端かもしれないけど、もう時間ないから行かなきゃ』ってさ。午前中に行かないと、午後はレクリエーションだかなんだかで忙しいんだろ？　じいさんが」

「ああ、うん。午後はね。やれレクリエーションだ、やれ体操だ、やれおやつの時間だ、って、利用者は忙しくしてるよ。だから、逆に職員が忙しいのは午前中なんだけどさ」

「そうなんだ。介護の仕事って、俺にとっちゃ未知の世界だよ。忙しいんだなあ」

「うちは訪問介護もやってるから、外へ出ていくことも多いしね。事件の日だって、一軒終わったら急いで二軒目、三軒目って走り回ったし、途中で買いものしたり施設に戻る用事があったり、ようやくぜーんぶ終わって戻ってきたら殺人事件だっていうじゃん。もう、やってらんないよ」

ハルが柊に話しているのを、メイはぼんやりと聞いていた。

結局のところ、藤原お手製のあんみつは姫野の口に入らなかったわけだが、もし姫野が亡くなる前に用意できていたとしても、姫野が喜んだとは思えない。あんみつとは到底言えない代物だったからだ。何せ、寒天と黒蜜しか準備できていなかったのだ。これでは、ただの「寒天ゼリーの黒蜜がけ」だ。

メイも、あんみつは大好物だ。あんみつとは、みつ豆にあんこを添えたもの。一方でみつ豆とは、赤えんどう豆、寒天、みかんや桃などのくだもの、白玉や求肥《ぎゅうひ》を器に盛り、黒蜜やシロップをかけた甘味である。寒天と黒蜜だけを見て、あんみつだと思う者はいないだろう。

柊は、藤原の姿がないか会社の前の通りまで出て確認してくれた。入口の死角に隠れて覗いていた二人は、柊からオーケーの合図をもらい、ビルを出た。

「じゃあな、調査頑張れよ」

「ありがとう」

「ありがと七海ちゃん！」

二人は無事、藤原とは出くわさずに調査を終えた。

「ああ、疲れた」

「ほんと。心身共に」

ビルが見えなくなって、思わず口をついて出たのは愚痴《ぐち》だったが、ハルの同意もすばやかった。メイと同じく、心底疲れ果てているのだろう。

「ねえ」しばらく無言で歩いたあと、ハルが何やら考えこむような難しい表情でメイに呼びかけた。「イツキさん、豆もミックスフルーツも買えなくて、代わりに何か買わなかったのかな」

「何かは買ったかもね。豆がなきゃそもそもあんみつとは言えないし、くだものがないと寂しいし。色んな種類のフルーツが入ってる缶詰がなかったなら一種類だけ入ってる缶詰をいくつか買ったか、荷物になるから一種類を一缶だけ買ったか」

「くだものの缶詰で、一番どこでも売ってるのは？」

「うーん。やっぱり、みかんかな？　みかん缶……あっ」

澄子の家に、あるはずのないみかんの缶詰があったことを思い出した。それについては、あずき荘の職員全員で情報を共有しているため、ハルも知っている。彼女も真剣な顔つきで頷いた。

「日曜はさ、まず一軒目の訪問先が吉松さんの家だよね。そのあと二軒目の大川《おおかわ》さんとこからの帰りに、三軒目の尾茂田さん用の食料をスーパーで買うじゃん？　で、一回あずき荘に戻ってきて、大川さんの洗濯ものを洗濯室に置いて、尾茂田さん用の薬を事務室から持ってくるでしょ。買った食材をさ、そのあいだずっと持ち運ぶのは重いから、私、いつも洗濯室行く途中のベンチに置いちゃうんだよね。みんなもそうしてると思うけど。メイもでしょ？」

頷いた。あずき荘の玄関を入って少し進むと、右手に広がるリビングの隅に事務室があり、左手にある廊下の奥が洗濯室だ。一度、洗濯室に洗濯ものを置き、その後Uターンしてリビングを通り抜け、事務室へ。そこで澄子の薬を用意し、更にUターンして玄関へ戻る。澄子に買っていくものは、二リットルのペットボトルのお茶など非常に重いものが多く、大抵の職員は一時的にそのベンチへ買ったものを置いてから、洗濯室、事務室、と動き、玄関から出ていく前に、ベンチに置いたスーパーの袋を持っていく。

そのベンチは、「曜日の間」が並んでいる廊下の途中、ちょうど「火の間」の向かいの壁際にある。

「あの日さあ、尾茂田さんの訪問に行こうと私があずき荘を出たのって、姫じいが殺されたすぐあとになるんだったたよね、時間的には。ひょっとして、私が凶器消しちゃったのかな、ってふと思って」

最後まで言わずとも、メイにもハルの言いたいことがわかった。

「つまりさ、イツキさんは姫じいのところにみかん缶を持っていった。たまたま犯人はそのみかん缶を凶器にして、姫じいを殺害した。犯人はみかん缶を持って部屋を出て、ベンチに置いてあったスーパーの袋に隠した。直後、そんなことにはまったく気づきもしない私が、その袋を持ってあずき荘を出た」

「けどそれ、めちゃくちゃタイミングよくやらないと不可能じゃない？　時間的に余裕はほとんどないよ」

「うん。けど、元々犯人は凶器を隠すつもりなんてなかったとしたら？　例えば、凶器が見つかっても自分に捜査の手が及ぶはずはないと思って、凶器を消すつもりはなかったのかも。近藤さんが考えているように計画殺人だったのなら、指紋対策くらいはしてただろうし。凶器はどこに置いてもよかったんだけど、人の気配でとっさに近くの袋に隠したら、たまたま私が持ち去っちゃったってことなんじゃないかなあ。要するに、犯人にとっても、凶器が消えたのは想定外だった」

その推理が真実だとすると、凶器であるみかん缶を持ちこんだ藤原は、犯人ではない可能性が高くなる。犯人に凶器を隠すつもりがないのなら、当然自分に結びつけられないものを選ぶはずだからだ。

「あの日、尾茂田さんちに行く前に、買いもの袋の中身は確認した？」

「するわけないよ、そんなの」ハルは悔しそうに首を振った。「いつもそんなことしないもん。尾茂田さんちでだって、いつも通り袋ごと渡して、薬飲んでもらって帰ってくるだけ。買ってきたものを袋から出すだけでも、あの人怒るでしょ？」

澄子にそんな癖がなければ事件は解決していたかもしれないのに、とでも言いたげな表情で、ハルは天を仰いだ。

「じゃあさ、今から行ってみる？　尾茂田さんち。こないだの訪問の時も、まだみかん缶あったよ」

「けど、調べるには手に取ってじっくり見ないとだめだよね。そんなことさせてもらえるかなあ」

「どうだろ。無理かも。あ、それなら警察に言って、そっちで調べてもらえば」

「え。だって、何て言うの。イツキさんが持ってきたみかん缶が凶器かもしれないから調べて、って？　余計にイツキさんの容疑が濃くなんない？」

「近藤さんにだけこっそり言って内密に調べてもらうのは？　もしみかん缶が凶器じゃなかったら、ただの空振りってことで処理してもらったらいいんじゃない」

「えー……あんまりあの人に借り作りたくないんだけどなあ。まあ、今んとこ、まだこっちの貸しを全部返してもらってないとは思うけど……」

　磯といい近藤といい、警察というのは貸し借りで動くものだったろうか。

　ぶつぶつとぼやきながらも、ハルはスマートフォンで近藤に電話していた。電話番号を登録しているような仲なのか。

　近藤はちょうどあずき荘の近くにいたらしく、確認してすぐに連絡するとのことだった。

　近藤からの連絡は三時間後にきた。中地市へ戻り、時間を潰すために入った二店目のカフェを出たところだった。

うん、うん、とハルは何度か頷いてから電話を切る。メイは彼女の口調が敬語ではないことに気づいた。

「近藤さん、何だって?」

「みかん缶、凶器じゃなかったって。一目見てすぐに、きれいすぎるから違うとは思ったらしいけど、一応ルミノール反応?　だっけ。あの、血に反応する液体をかけて判断するやつもやってくれたって。けど、何も出なかったとさ。指紋も、はっきり残ってたのは尾茂田さんのだけだって」

「そっか。きれいすぎるって、やっぱり凶器だったら血が付いてるはず、ってこと?」

姫野の遺体の頭部は、少量ではあったが出血していた。

「うん。それもあるし、もし缶詰が凶器なら、遺体の打撲痕から見て非常に強い力で振り下ろしたって。それなら缶詰は、かなりへこんでるはずだってさ」

「振り出しに戻る、か」

「いい線行ってたと思ったんだけどなあ」

「ってことは、結局あのみかん缶は何だったの?」

「どこから来たのか謎のまま、ってこと。今のところ事件とは関係なし。イツキさんは寒天と黒蜜しか用意できなかったってだけ。あーあ」

ハルはがしがしと頭をかきむしった。

それを尻目に、メイは現在時刻を確かめようとして、鞄からスマートフォンを取り出した。スーツだと、いつものようにポケットにスマホを入れられず、煩《わずら》わしい。仕事中に着用できないため、今では腕時計を着けるという習慣自体がすっかりなくなってしまっている。

スマートフォンは、疲労のためか手から滑り落ちてしまった。コンクリートの地面に当たって硬い音を立て、ハルの足元へ転がる。

「わ、しまった。壊れてない？」

ハルは拾い上げて、画面を見た。

「……壊れてないみたいだよ。ほら、LINE来てる」

ハルがこちらへ向けてきた画面には、新着メッセージの通知が表示されている。「フジさん」という発信者名と共に、ご丁寧にメッセージの内容も表示されている。「改めて、先日はありがとう。楽しかったです」。頭が瞬時に真っ白になった。

「あ、それ、あの」

「付き合ってる人？　別に照れなくてもいいのに」

「違う、違うってば」

「いいじゃん、教えなさいよお。フジさんってどこの誰なの？」

こうなったら、変に嘘をつくより真実を話した方がいいと、メイは腹をくくった。

「あの、それ、イツキさんなの。苗字が藤原さんでしょ、だから『フジさん』ってニックネームで……でも、別に何もないの、ほんと、調査の一環で会っただけ」

ハルは一瞬眉根を寄せて、渋面《じゅうめん》を作った。

こんなことなら、最初からすべてを包み隠さず正直に話しておけばよかったと、今更後悔しても遅い。メイは頭を抱えた。ハルはハルで手を額にあてている。

「え、あれ、ちょっと待って。イツキさんって、桜子さんの婚約者だよね？」

「うん、だけど、何もやましいことはないんだってば。本当に」

しかし、それならなぜ、二人で会っていることを隠していたのか。苦しまぎれの言いわけにしか聞こえない。

ハルは急に黙りこんだ。視線をさまよわせ、聞き取れない小声でぶつぶつと何かをつぶやいている。

「ハル？」

「え？　ああ、うん。なんでもない。私ちょっと用事あるから、ここで解散ってことで」

声をかけると、ハルは心ここにあらずといった様子で返答した。

「あ、ハル、ちょっと待ってよ、ねえ」

メイの制止もむなしく、ハルは軽く手を振って歩き去ってしまった。

ハルの藤原への好意はわかりきっていたのに。本音をごまかして、ずるずるとハルを騙《だま》していた自分の勝手さに嫌気がさす。

ハルの姿はもうほとんど見えないくらいに小さくなっていた。メイは大きなため息をつき、家路についた。

藤原から続けて来ていたLINEは、例の防犯グッズの件だった。二人分用意できたから、もし明日が出勤ならば終業時刻に持っていく、というものだった。ハルと別れたあと、落ちこんだまま、明日は就業が遅いため帰りは午後八時をすぎる、とだけ返信した。

ハルには家に着いてから電話をかけたが繋がらず、「都合のいい時に電話ちょうだい」とLINEしておいた。返事はなかった。ハルは明日まで連休を取っているため、すぐには会えない。

翌日の火曜、メイが午後八時すぎにあずき荘を出ると、強い雨の匂いを感じた。今は降っていないが、これから降ってくるのだろうか。

藤原は、一ブロックすぎた角で待っていた。手に小さな紙袋を持っている。

「メイさん、お疲れさまです。これ、持ってきました。小型スタンガン」

「わざわざ来ていただいて申し訳ないんですが、やはりいただけません」

手足に力が入り、昨日の筋肉痛で軋《きし》んだ。

「えっ。せっかく用意したのに、そりゃないですよ」

藤原はおどけたように歯を見せて笑った。

「それじゃあ、代金と手数料をお支払いします。それから、もうこうやって会うのもやめましょう。お互いによくないと思います、藤原さん」

「メイさん?」ニックネームではなくわざと苗字で呼んだことで、ようやく不穏なものを感じ取ったのか、藤原も真面目な表情を見せた。「どうしたんです？」

「別に、何かあったわけではありません。ただ倫理上、あまり正しくないことをしているのでは、と思っただけです。あの、お値段、いくらでしょうか」

「倫理上って、どういうことです。あなたがあずき荘の職員で、僕とは仕事だけの関係の付き合いだから？　それとも……ああ、そうか」

ようやく婚約者が理由だと気づいたのか、藤原は押し黙った。彼が握った紙袋が、くしゃりと音を立てた。

「僕を疑ってるんだ」

「え？」

「あなたは、僕が姫野さんを殺したんじゃないかと疑ってる。ハルさんと調べるうちに疑いが濃くなったんだ、そうでしょう」

予想外の発言に、一瞬メイの反応が遅れた。

藤原は紙袋をメイの胸に押しつけて、哀しみと怒りが混ざりあったような目でこちらを見つめた。

「わかりました。もう会いに来たりしません。ＬＩＮＥもブロックしておきます」

藤原はそう絞り出したあと、もう一度口を開きかけたが、しかし結局言葉を発することはなく、そのまま早足で立ち去った。

ドラマのようなタイミングで、大粒の雨が降り出した。傘を持っていないメイは、悲劇のヒロインよろしく、ずぶ濡れで帰るはめになった。藤原は持っていただろうかという心配が、少しだけ頭をかすめた。

8

ハルの訃報を聞いたのは、翌日、八月二十八日のことだった。

朝、出勤すると、あずき荘の前には久しぶりにパトカーが停まっていて、玄関を入るなり奥末施設長に呼ばれた。彼は青い顔で、「ハルくんが死んだ」とだけ言った。

そのあと、前回と同じく取調室になった「水の間」へと呼び出され、こちらも前回と同じ、近藤刑事と磯刑事に話を聞かれた。

「メイ探偵だか何だか知らないが、素人が殺人事件に首を突っこむなんて馬鹿な真似をするから、こうなるんだ」

ちょっとしたコネ、とやらの繋がりでハルから聞いていたのか、近藤刑事は非常に怒っているようだった。

それ以外に、何を問われたかは覚えていない。何も具体的な話ができていないような気がする。ハルは昨晩死んだ、殺されたのだ、と言われたのは覚えている。ただひたすらに現実を理解できず、夢と現実の狭間をさまよっているような感覚だった。いつの間に取り調べから解放されたのかもわからない。

気がつけば、心配顔の奥末施設長が目の前にいた。

「今日は帰りなさい」

見慣れた顔を前にして、急に意識が戻ってきた。「でも、仕事が」

「今日はもういいから。もうすぐお昼になるし、半休にしとくから」

いつの間にやら午前中が終わるらしい。時間が経った感覚も皆無だった。その後も休憩室でかなりの時間をぼうっと過ごしてしまい、我に返ってあずき荘を出るころには、結局午後五時近くになっていた。

ふらふらとあずき荘を出てからも意識は曖昧で、自宅とは逆の方向へ足が向いた。人通りの少ない、静かな住宅街のはずれだ。

ハルが死んだ。

あずき荘で、人が死ぬことは珍しくない。だがそれは当然、高齢の利用者だ。病死、自然死、時には事故死。死因はさまざまだが、亡くなるのは決まって利用者だ。忘れてはいけない姫野の死でさえ、殺人という異色のパターンではあるものの、彼だって利用者である。亡くなるのは必ず高齢者で、利用者で、要介護者であるはずだ。

ハルはメイと同い年の二十五歳で、しかも利用者ではなく職員で。ハルは突然死ぬような人間ではないのだ。メイの中で、利用者でもないし、いつも元気いっぱいのハルはむしろ不死身の存在だった。ハルが死ぬわけがない。

メイは不意に我に返った。視界から警察も奥末施設長もいなくなってしまうと、ハルの死が現実のものか、定かではなくなってきていた。ハルは本当に死んだのだろうか。

ふと、メイは来た道を振り返った。その時、視界の端で何かが動いた気がした。五、六十メートルほど向こうの電柱の陰へ、誰かがすばやく隠れたように見えたのだ。

急な電話で、道路脇へ寄っただけかもしれない。意識がまだぼんやりしている今の自分は、神経が過敏になっているだけだろう。

しかし念のため、不審者かどうか確かめてみることにした。メイは急いで角を曲がって、休業中の古びた銭湯の横の細い路地に入った。そして体を塀に寄せ、そっと電柱の方をうかがった。すると、隠れていた誰かが電柱の陰から飛び出し、こちらへ走って向かってくる。反射的にメイは、つまずきそうになりながらも、路地の奥へ全速力で走った。治りかけの筋肉痛がまた痛み出すのを無視して走り、突き当たりを左へ曲がる際にちらりと振り返った。ちょうど、追手もこちらへ曲がってくるところだった。距離は変わらず五十メートルほどあり、遠すぎてなんとなくの体格しかわからない。が、走り方も合わせて考えると、おそらく男だろう。

突然、下腹部から異常に冷たいものがせり上がってくるような、激しい恐怖を感じた。

ハルは殺された。近藤はそう言った。

色々と調べ回っていたそうじゃないか。そうも言っていた。

ハルは、事件を調べていたから犯人に殺されたのだろうか。少なくとも警察は、近藤はそう言いたかったに違いない。

ハルと共に調べ回っていたメイだって、知らず知らずのうちに犯人に迫っていて、狙われる危険性が充分にあるのだ。

あまりの恐怖に脱力しそうになるも、メイは気力でなんとか走り続けた。しかし、最初に路地へ入ってしまったのが間違いだったのか、どんどんと道は細くなっていく。周囲には、今は使われていないらしい工場や廃屋が立ち並び、人気はまったくない。角を曲がるたびに行き止まりではないかと、気が気でなかった。

振り返るたび、追跡者との距離は徐々に縮まっている気がする。スピードが落ちるのであまり振り返らない方がいいのだろうが、いつの間にか追いつかれそうで、怖さからつい振り返ってしまう。

二十五年間生きてきた中で、最大級の恐怖。

メイは力の限り走った。息が上がり、心臓が握りつぶされるかのように痛い。全身が悲鳴を上げている。

完全に限界を超えた身体を動かしているのは、純粋な恐怖だ。息を吸っているのか吐いているのかわからず、酸欠で視界が暗くなっていく。耳元を過ぎる風が、びゅうびゅうとうるさい。あまりの恐怖に、暑さを感じる余裕もなかった。

ある角を曲がった時、突然梯子《はしご》が目に入った。廃屋らしい、ぼろぼろの民家の屋根へかかっている。

迷わず飛びついて、一心不乱に登った。肩にかけた鞄が邪魔で、泣き喚きたくなる。速く、速く、と脳が腕を急かす。今にも後ろから引きずり下ろされそうで、泣き出したい恐怖に歯を食いしばった。

ものの数秒で屋根へと登ったメイは、急いで梯子をつかんで力いっぱい引き上げた。重いとも思わなかった。梯子と共に伏せたところで、曲がってくる足音が聞こえた。足音はメイの隠れている廃屋の前を走って通りすぎ、どんどんと遠くなって消えた。止めていた呼吸を再開すると、無理に息を止めていたこともあって、思わず咳《せ》きこんだ。しかし、追跡者はいつ戻ってくるとも知れない。メイは大きな音を立てないよう、口を押さえた。

どのくらいの時間が経ったろうか、しばらくして足音が戻ってきた。走っていない。ゆっくりゆっくり、不自然なほどにゆっくり歩いている。血走った目を見開いて、周囲を余すところなく探している様子が想像できる。

メイはまたも呼吸を止めた。わずかな物音も立てないようにと思っても、手足が細かく震えてしまう。歯ががちがちと鳴らないようにするのは至難の業だ。服は汗で完全に肌にへばりついている。汗の流れ落ちる音、暴れる心臓の音まで相手に聞こえてしまいそうだ。思わず叫び出してしまいそうな衝動に襲われる。気が狂いそうだ。

来た道を戻るように、ゆっくりと追跡者の足音が遠のいていく。メイは短く息を吐いた。

出し抜けに、足音が戻ってきた。

冷たい汗がどっと噴き出した。まさか、今の吐息が聞こえたのだろうか。照りつける真夏の太陽で茹《う》だるほどに暑いはずの身体は、芯から冷えきって固まっている。もし今見つかれば、もうきっと走り出すことはできないだろう。

足音の主は、先ほどより更にゆっくりと歩いている。ひょっとすると、隠れ場所がばれてしまっているのではないか。脳内が悲観的な想像で埋め尽くされていく。じゃり、じゃり、と一歩ずつ地面を踏みしめる音が終わらないのでは、という気さえしてくる。

足音は何度も往復してから、やっと最初に来た道の方へ戻っていった。

しばらくのあいだ、身じろぎもせずにそのままでいた。ひたすら時がすぎるのを待った。何度か、もう大丈夫だろうと身体を起こしかけたが、やはり恐怖心がそれを阻んだ。

止まっているように感じていた時間は動いていたようで、日が徐々に落ちて、暗くなってきた。あずき荘を出たのは午後五時ごろだったはずだが、今はいったい何時なのだろう。

やっと屋根を下りる決心がついた瞬間、メイの頭に別の恐ろしい考えが浮かんだ。追跡者が、来た道のどこかで待ち伏せしているのではないか。

一度想像してしまったら、もう動けそうになかった。

ずっと屋根に伏せていたため、顎と腹部と太ももが痛かったが、メイは音を立てないよう、おそるおそる体勢を変えた。その時、ズボンのポケットの硬いものが手に当たった。

スマートフォンだ。

スマートフォンを持っていることすら忘れていた。迷いなく藤原に電話をかける。

何度も何度も鳴るコール音を、祈るような気持ちで聞いていた。

「……メイさん？」

かなり時間が経ったあと、困惑した藤原の声が聞こえた。途端、メイは泣き出した。

「メイさん？　どうしました？」藤原の声は真剣なものになった。「どこにいるんですか？」

「わからないんです」しゃくり上げる合間に、途切れ途切れに伝えた。「誰かに追いかけられて、私、必死で逃げて、ずっと隠れてる」声量を抑えなければならないと思いつつも、どうしても声が上擦《うわず》ってしまう。「怖くて、フジさん、たす、助けに来て、お願い」

「すぐに行きます」藤原は即答した。「そこがどこだか、まったくわかりませんか?」

「屋根の上なんです」大きな声を上げてしまい、はっと口をつぐんだ。声を落として続ける。

「ぼろぼろの家の、屋根の上。あの、路地を通って逃げてきて、こんなところ来たことがなくて、その、場所が全然わからないの。助けて、もうやだ、怖い」

「大丈夫、メイさん、大丈夫です。仕事の帰り道?」

「仕事に行ったけど、昼で帰されて、そうしたら、そうしたら男の人が……」

「落ち着いてください。追われ始めた時は、メイさんも知ってる場所にいたんですね?」

「そうです、あずき荘を出て、駅と反対方向にまっすぐ行って……」

「あずき荘の前の道から、路地に入ったんですか?」

「そう、ああ、そうだ、銭湯です。銭湯の横の細い道。その道に入って、最初の突き当たりは左に曲がって……あとはわかんないです、覚えてない、必死で」

「わかりました。とにかく、今すぐ行きます」

「早く、早く来てください、フジさん。もう無理」

「大丈夫、もう向かってます。追ってきた男は、まだ近くにいるんですか?」

「わかんない、何もわかんないいんだってば」

「なるほど。ではとりあえず、電話は切ります。メイさんのスマホは、サイレントモードにしておいた方がいいでしょう。僕の呼ぶ声が実際に聞こえるまでは、そのまま動かず、じっとしていてください。もし一時間経っても僕が現れなければ、もう一度僕へ電話してください」

「はい」

「では。今行きますので、心をしっかり持っていてください」

電話が切れた。

メイは、震える手でスマートフォンをサイレントモードに切り替えた。

周囲がまた静寂に包まれると、恐怖がぶり返す。

あんなことを言ってはいたが、藤原は本当に来てくれるのだろうか。昨日はひどい態度を取って傷つけたというのに、本当に助けにきてくれるのだろうか。また、来てくれたとしても場所がわかるのだろうか。ここに来るまで、散々曲がり角があったような気がする。

思わずまた泣き出しそうになって、メイはスマートフォンを握りしめた。今泣いてしまえば、きっともう涙は止められない気がする。そうなれば、音を立てずにいることは困難だ。

メイは余計なことはいっさい考えないようにして、スマートフォンの時計表示を眺め続けた。現在時刻は午後六時四十五分だった。


いつの間にか、あたりはほとんど夜になりかけている。一分ずつ進む時計は、午後七時二十七分から二十八分に変わったところだった。少ししたら、街灯すらないこの地域は完全に真っ暗になってしまうに違いない。もう限界だ。

その時、遠くから声が聞こえたような気がした。瞬時に血の気が引く。膨れ上がる恐怖と、わずかな期待。

声の主は小走りにこちらへ近づいてきているようだ。メイの名を呼んでいる。メイは起き上がり、屋根の下を覗いた。懐中電灯の光に照らされた藤原が見えた。

「こっちです、フジさん、こっち」

大声で叫んだつもりだったが、かすれた声しか出なかった。それでも藤原は気づいたらしく、メイを見上げた。

「メイさん！　よかった、無事で」

安堵の涙は止めようがなかった。屋根の上に座りこんだまま、泣きじゃくった。

「メイさん……その、助けたいんだけど、どうやって上がったの？　そこ」

メイは泣きながらも、なんとか梯子をずるずると下ろした。今更ながら、ずっしりと重い梯子だった。

藤原はすぐに登ってきた。頭にはヘルメットを着用している。藤原は梯子に乗ったまま、間断なく泣き続けるメイの頭をなでた。

「怖がらせるようなことを言って悪いんだけど、ひょっとしたらまだそいつが近くにいるかもしれない。とりあえずここを離れよう。立てますか？」

メイは頷いた。何時間も同じ体勢で、その上恐怖と緊張から力が入ってしまっていたメイの身体は、ぎしぎしと音を立てた。藤原に手を貸してもらいながら、やっとのことで梯子を下りた。地面の感触がひどく懐かしい。

藤原はヘルメットを脱いで、メイにかぶるよう促した。

「汗臭いけど、ごめん。それからこれも」

ポケットから取り出した懐中電灯を渡される。あたりはすっかり闇に包まれていた。

「一応、武器を持ってきたんだけど」

藤原は、背負っている長い棒状のものを見せた。

「……何ですか?」

「木刀。剣道の心得があるんだ」藤原はウインクした。「大した腕じゃないけど、メイさんを絶対に守ってみせますよ」

重い雰囲気にならないようにか、藤原は軽い口調で話す。メイは笑顔を作ろうと頑張ったが、口角がぴくりと動いただけだった。

藤原が先導し、メイがついていく形で、二人は周囲を懐中電灯で照らしながら注意深く戻った。思っていたより多くの交差点や丁字路を曲がっていたようだ。メイは道をまったく覚えていなかったが、藤原は迷わず進んでいく。

街灯の一つもない路地は、本当に真っ暗だ。死角も多く、例の男が隠れていたとしても、きっと気づけないだろう。

けれど前を行く藤原の背中は、メイに安堵を与えていた。

「銭湯の前に車を停めています。とりあえずそこまで行けば安心でしょう」
二、三十分かかっただろうか、二人は無事に車までたどり着いた。藤原はまずメイを助手席に乗せ、近くの自動販売機でミネラルウォーターを買って手渡してくれた。
「改めて、お疲れさま。よく頑張りました」

飲み出すと止まらなかった。五百ミリリットルのペットボトルは、あっという間に空になった。ヘルメットをかぶったままなのを、ようやく思い出して脱いだ。冷房が効き始めた車内で、こもっていた熱が放散して涼しい。

「さて。どこへ行きましょうか」

車を発進させてから藤原は尋ねたが、メイはまだ頭がうまく回らない。

「今したいことは？」

「えっと……熱いお風呂に入りたい」

汗にぐっしょり濡れたシャツは、肌に貼りつくような不快感がある。

「銭湯が休業中で残念でしたね」

藤原はちらりとメイを見て笑った。メイもようやく笑顔を作れるようになっていた。

「落ち着けるところがいいですよね。メイさんの家、聞いてもいいですか？」

メイは自宅のマンションまでの道順を教えた。車でならここからすぐだ。

藤原は、マンションの前でメイを降ろした。

「今日は誰か、ご家族か女友達にでも泊まってもらう方がいいのでは？」

「家族は遠方に住んでいます。友達も……こういう時に頼れるほど仲のいい友達は、近くにいないんです」

あずき荘へ就職した五ヶ月前に麻野町へ引っ越してきたため、まだほとんど知人もいない。同僚との仲は良好だが、何ぶん介護職は年齢層が高い。同年代なのはハルと山上のみで、プライベートで会うのもその二人くらいだった。山上は、気を遣う必要がない程度には仲がいいが、男性に泊まりこんでもらうのはさすがに抵抗感がある。

「ハルさんは？」

彼は知らないのだ。ようやくハルが死んだことに実感が湧いてきた。

「ハルは死んだんです」

藤原の目が大きく見開く。

「殺されたんです、昨日」

目頭が、かあっと熱くなり、涙がぶり返してきた。ハルが死んだことが悲しいのか、疲弊しすぎて涙腺がおかしくなっているのかは、よくわからない。

「えっと」泣きながら、なんとか言葉を発した。「とりあえず、部屋でお茶でもどうですか。一人じゃ怖いので近くにいてください」

藤原は嫌な顔一つせずに頷いた。

「なぜ、警察に電話しなかったんです？」

メイの自室へ上がるエレベーターの中で、藤原が尋ねた。

「……あ。完全に失念していました」

「警察を？」

「そう。誰か助けてくれる人を呼ばなきゃ、って思ったけど、警察は頭に浮かばなかったんです。なんでだろ」

「助けてくれる人で、僕が浮かんだの？　もう会わない、とまで言ったのに？」

藤原は少し寂しそうに笑った。

「それは……本当に、すみませんでした」

「でも、これで僕の疑いも晴れたでしょう。追いかけてきた男は、僕じゃなかったんですから」

「私、元々フジさんを疑ってなんかいません。だって、あなたのアリバイの証人なんですよ、私」

藤原が口を開こうとしたところで、エレベーターが四階に着いた。エレベーターを降りた目の前の、四〇一号室がメイの家だ。

1LDKの室内は非常に蒸し暑い。メイはすぐに冷房のスイッチを入れた。

「散らかっていますが、すみません」

「僕の部屋よりは何十倍もきれいです」

「座って、くつろいでください。今お茶を入れます」

「いえ、お気になさらず。先にお風呂でゆっくりしてください」

メイは頷いた。風呂の蛇口をひねり、冷蔵庫から麦茶のピッチャーを出して、コップと共にテーブルの上に置いた。

「今からでも遅くないので、警察に連絡します。磯に電話して、今日のことを代わりに説明しておきますね」

「あ、はい。私がしなきゃいけないのに、すみません」

「いえいえ。メイさんがお風呂のあいだに電話しますよ」

「ありがとうございます」

風呂へ向かう前に、藤原をまっすぐ見た。

「フジさんも、私のLINEをブロックしていなかったんですね。するって言ったのに」

恥ずかしそうに頭をかく藤原に、メイは微笑んだ。


身体を洗ってから熱い湯に浸かると、がちがちに凝り固まっていた筋肉がほぐれていくのを感じた。明日はまた、ひどい筋肉痛に襲われるに違いない。

湯に浸かっていると、心地よさに意識が薄れていく。このままここで寝てしまいたいという強烈な誘惑にかられたが、藤原がいることを思い出し、気力を奮い起こして上がった。

髪を乾かすだけの元気はなく、とりあえず頭にタオルを巻いて部屋着に着替え、リビングへ戻った。

「磯のやつに電話しました。とりあえず今晩は、護衛役の女性警官に来てもらえるそうです」

「そうですか、よかった。ありがとうございます」

すると彼は少し目を伏せた。「……ハルさんのことも、磯から聞きました」

「あの。私、今朝ハルが死んだって聞かされて、それからずっとぼうっとしていて。それで、ハルに具体的に何が起こったか、何も知らないんです。お聞きしてもいいですか」

藤原が語った事実はこうだった。

ハルの遺体は昨夜、中地市から六十キロほど西の山道の崖下で見つかった。たまたま、男がハルを突き落とすところを目撃したドライブデート中のカップルがいたため、殺人と断定したそうだ。

目撃者によると、あたりは暗く、体格から男性だとはわかったらしいが、犯人の顔や服装はまったくわからないらしい。

場所から考えて、犯人とハルは車で共に現場へ向かったのだろうが、現場付近は人気のない山道なので、他に有力な証言は得られていないらしい。目撃者が二人いただけでも幸運だったという。

ハルの死の直前の足取りとしては、一昨日メイと別れたあと、なぜかあずき荘利用者の家へ向かったらしい。「お宅の職員が家を荒らしていった」、とその利用者からあずき荘へ苦情の電話が入り、発覚した。

本人は、ものを盗まれたと訴えているらしいが、娘が確認したところ、なくなったものはないと。おそらく好意で片付けをしてくれただけだろうと、大ごとにはしていないという。

その後、あずき荘へ寄って、五人の証言者たちとそれぞれ話をしたらしい。午後六時、帰宅。

そこから先、殺害されるまでの足取りは現時点ではまったくの不明。

「ハルさんが殺されたことを聞いたあとに追いかけ回されるのは、相当怖かったでしょう」

「現実じゃなかったみたいです」あの恐怖を、再び思い返したくない。「今思えばＬＩＮＥで現在地って送れましたよね。フジさんに電話した時は頭の中が真っ白で、ちらりとも思い浮かばなかったです」

「それについては、僕も先ほど気づきました。僕こそ、その機能に思い当たってもよさそうなのに、思いのほか動転していたみたいです。それと、あの……スタンガン、どうしました」

「ああ！　あります、こちらに」

寝室のチェストの上で乾かしていた紙袋を、メイは手に取ってきた。袋のまま、開封していない。

「昨日の雨で濡れてしまって。いつか、お返ししようと思ってたんですけど」

藤原は、受け取った紙袋を開けた。コンパクトな懐中電灯のようで、護身グッズには見えない。

「ちょっと頼りないですけど、護身用に使ってください」

「え、でも」

「僕が駆けつけられなかった場合の、お守りです。一見、小型のライトにしか見えませんが、襲われても一瞬の足止めにはなると思いますよ」

確かにこれなら、持ち歩いていても不自然ではない。

「ただ、あくまで不意をつくためのものなので、相手に隙ができたらすぐに逃げてください。本当は、通勤も僕が車で送迎したいくらいなんですけど」

「そこまでしなくても」

「助手席はいつでも空けておきますよ」

また藤原の車に乗ることがあるのだろうか。彼の助手席は、本来桜子のためのものであるはずだ。このまま付き合いをずるずると続けるのは、桜子や、亡きハルをも裏切る行為になる。

「あまり、そういうことを言わないでください」

「なぜです」

「なぜって、だって……もう、わからない人ですね」

「わからないのはメイさんだ。会わないって拒絶したかと思えば、今日は僕に助けを求めた」

「フジさん、それは……」

「フジさん、か。ニックネームを提案するのではなくて、下の名前で呼んでほしいと言った方がわかりやすかったのかな」

ついい下の名前で呼んでしまった時のことを思い出して、顔が熱くなる。あの時、藤原も実は気づいていたのだろう。

十数秒の沈黙のあと、藤原はため息をついた。

「いや、すみません。子供じみたことを言いました。忘れてください」

ちょうどその時、玄関のチャイムが鳴った。磯だった。

「お邪魔しますよ」

そういえばこの人の声を初めて聞いた。

疲れ切ったメイの代わりに、藤原が磯に麦茶を出す。

「おまえ、えらく慣れてるじゃないか、この家に」

「小一時間前に来たのが初めてだよ、誓って言うけど」

磯は藤原をじろりとにらんでから、メイに視線を移した。

「さて、メイ探偵。襲われたことについて、すべて話してもらいましょう」

「その変な呼び名をやめていただけると助かります」

「探偵ごっこをやめるなら、私も普通に呼びます。大体、これがどれほど危険なことか、君はもう充分に理解したはずです」

返す言葉もなかった。メイはゆっくりと、今日の出来事を詳細に話し始めた。磯は相変わらずノートに記録していたが、別の用事があるという近藤がいないため質問役も兼ねていて、忙しそうだった。

聴取が終わるころ、護衛役の女性警官が二人、到着した。室内で警護してくれるとのことだった。

「数日は警護を付けますが、それ以降の対応はまた近藤警部とも相談して、連絡しましょう」

「あ、明日は夜勤です、私」

「わかりました。もちろん、勤務中も警護を付けます。あずき荘の方にも連絡しておきましょう」

「ありがとうございます」

「これに懲りたら、面白半分で殺人事件に首を突っこむのはやめることです」

最後に厳しい忠告を残して、磯は帰っていった。

「それじゃあ、僕もそろそろお暇《いとま》するかな」

「あの、フジさん。今日は本当にありがとうございました。急にお呼び立てしてしまって、すみませんでした」

「いえ、僕も、巻きこんでしまって申し訳ないです」

「巻きこんだ？」

「そもそも、メイさんに事件の詳細について話してしまったのは僕ですからね。責任を感じています」

「そうかもしれませんけど、私は元々、ハルに頼まれたから調査に乗り出したんです。フジさんが責任なんか感じる必要はありません」

「そんな。少しくらいは僕にも責任を分けてくださいよ」

おどけて言う藤原に、メイは笑った。

「それでは、今日はゆっくり休んでください」

藤原は、入室してきた女性警官の一人に軽く一礼して帰っていった。

夜勤日の前日はいつも意図的に夜更かしをして、当日は昼に起きるのだが、今日はもう疲れ切って限界だ。室内に立つ女性警官にいすを勧め、ベッドに入る。

目を閉じると、藤原の笑顔がまぶたの裏でよみがえった。今日はどうしても、桜子のことを考えたくなかった。

9

翌二十九日の夕方。護衛の女性警官と交代した男性の警官二人と共に、メイはあずき荘へ向かった。

あずき荘の職員は口々にメイを気遣った。護衛がいるので、奥末施設長が事情を話しておいたそうだ。ただし利用者には伏せておいたため、彼らは姫野の事件の捜査で再び警察が来たのだと思っているらしく、特に不安がっている様子もない。

「今日の宿直は矢口くんの予定だったけど、万一のことを考えて男性の鈴井くんに変更しておいたよ」

奥末施設長はそう気遣うが、メイにとって鈴井は容疑者候補の一人だ。矢口の方がよかったのだが、仕方ない。

更に、今日の夜間警備員は、こちらも容疑者かもしれない庄山だった。警官が二人いるとはいえ、落ち着かない。二人のどちらかが、昨日メイを追い回した人間かもしれないのだ。両名とも、昨日は休みだった。

仕事に入る前に申し送りのファイルを開くと、三日前に尾茂田澄子から苦情が入った旨が記載されていた。どうやら、ハルが訪ねた利用者というのは澄子だったようだ。

午後五時の夕食のあと、鈴井は帰宅する利用者をそれぞれの自宅へと送ってから、休憩に外へ出る。そのタイミングを見計らって、メイは宿泊の利用者に話を聞くことにした。庄山はいつも玄関脇にある警備員詰所に控えている。リビングでの話し声は聞こえないだろう。

ハルは殺される前日、五人の証言者に話を聞いていたということだったが、いったい何を聞いたのか。ひょっとしたら、ハルは犯人の手がかりを、突き止めていたのではないだろうか。それを犯人に気づかれて殺されたのではないだろうか。

これ以上首を突っこむな、と磯に注意されてはいたが、メイは既に狙われている。今更行動を自粛したとして、犯人が見逃してくれる公算は小さいだろう。それなら自分を守るためにも、攻勢に出た方がいい。

今日のあずき荘の宿泊者は、島谷一郎、松木孝顕、眞鍋チヨ子、末岡エイ。松木以外の三人は、ちょうど証言者だ。

鈴井が休憩から帰ってくる前に終わらせようと、メイは四人に集まってもらい、リビングで一遍に話を聞くことにした。警官は、一人はあずき荘周辺を、一人は施設内を巡回しているが、今は近くにいない。

「三日前？　三日前って、何してたかしらねえ。ハルちゃんなら、いつもよく見てるけど」

頬に手を当てて首を傾げるのはおチヨさんだ。危惧《きぐ》していたことではあったが、おチヨさんとエイの二人は何も覚えていないようだ。当然だ、三日も前のことなのだ。

むしろ、ハルと直接話をしていないであろう松木の方がよく覚えていた。

「ああ、ハルさんね。確かに三日前の夕方に顔を見せて、色んな方と少しお話をして帰られましたよ。今考えれば、あれは最後の挨拶のようなものだったんですね。どこか、よその施設へ転勤されたとお聞きしました。急なことで寂しいですが、優しくて楽しいハルさんなら、どこへ行ってもやっていけるでしょう」

利用者にハルの死は知らされていない。姫野の事件だけでも不安になっている利用者がいるため、黙っておいた方がいいだろうという、奥末施設長の判断だった。

「ハルの話してた内容、わかりませんか」

松木はリビングの隅にある、レクリエーション用具が置いてある棚を指した。

「あそこに、いつも体操で使っているボールがあるでしょう。ゴムでできた柔らかい。そのボールを一つ、見せて回っているみたいでした。私はテレビの近くにいたので、話の内容までは聞こえませんでしたが」

メイは赤いボールを一つ持ってきた。

「これですか」

「それじゃない」

口を挟んだのは、松木の隣の島谷だ。いつものむっつり顔だが、今日の顔つきは、機嫌がいい時のものだ。長く付き合っていると、徐々にわかってくる。

島谷は座っていたソファから立ち上がって、棚から別のボールを取ってきた。

「そんな真っ赤なやつじゃなくて、こっちの色だ。これを見せて、事件の日にわしらが『日光の間』から見た男の服はこんな色か、と確認しとったんだ」

「それで、この色だったんですか？」

「そうじゃ。わしだけじゃない、真田のばあさんもそうだと言っていた。あのばあさん、事件の日は『真っ黒だ』なんて言っておったがな」

島谷は納得のいかない表情で、ボールを軽く叩いた。

「他の三人は、なんて言ってたかわかりますか」

「そこに座っとる二人は、なああんにも覚えてなかった。藤原のばあさんは、そんな色じゃない、真っ白だった、とこれまたおかしなことを抜かしとった。まったく」

島谷は呆れたように首を振った。ボールは深い緑色だった。やはり、証言の多くは緑を指していたのだ。

「ハル、それ以外には何か言ってました？」

「いんや。それだけを確認しとったようじゃ」

リビングに入ってきた警官に気づき、メイは礼を言って質問を切り上げた。

その後、利用者は各々のタイミングで就寝していった。衣類の着脱が難しい利用者を介助し、湿布を貼り替えたり、塗り薬を塗ったり、睡眠導入剤を渡したり、時間が経つのはあっという間だ。昨日の疲労が残る身体は動くたびに悲鳴を上げたが、我慢する以外にどうしようもない。

利用者が全員就寝すると、宿直者である鈴井の勤務はひとまず終わりである。鈴井は休憩室へ引っこむ前に、メイに声をかけた。

「休憩室の引き戸、半分開けておくから。何かあったら大声出して。まあ、武道の心得もないし、僕なんか何の役にも立たないと思うけど、一応男だから」

容疑者の一人ではあるが、鈴井の配慮を嬉しく思えた。


利用者も鈴井も寝てしまったあずき荘は、静まり返っている。すべての部屋の窓が閉まっていることを目視し、順々に電気を消していく。リビングの電気を消すと、ソファの陰やテーブルの下の暗がりが、急に意味のあるものに見えてきた。誰か隠れていやしないだろうか。夜間用の足元灯をオンにするも、光量が少なくて心許ない。メイはズボンのポケットに手を入れて、藤原にもらったスタンガンがあるのを確かめた。

いくら武器を持っていても、急に襲われたらうまく使えないかもしれない。それでも護身グッズを持っていることで、藤原の言った通り、お守りのような安心感が増す。メイを心配してくれる彼の気持ちは嬉しかった。念のため、ポケットからすばやく出す練習をしておく。

日付が変わるころ、明かりの点いた事務室で、一日の介護記録をパソコンに入力していく。各利用者の体温に血圧、食事や水分の摂取量、排泄状況。時折、眠っている利用者の様子を確かめたり、尿意で起きた利用者をトイレへ誘導したりしながら、ひたすら業務を進めた。メイが一番苦手な単純作業だった。やり甲斐を感じなかった前職を思い出すからだ。しかし身体中が痛む今日だけは、デスクワークがありがたかった。

施設内にいる警官は、決まったルートで見回っている。一人は外を見回っているとのことだったが、リビングの窓の外は小さな花壇の向こうに高い塀があって、姿までは確認できない。詰所には警備員の庄山もいる。万全の警護態勢だ。

ふと時計を見た。一時。各部屋を定期巡視する時間だ。メイは事務室を出た。

今日利用者が泊まっている部屋は、「月」、「火」、「金」、「土の間」だ。姫野の殺害された「木の間」は、しばらく使用は難しいだろう。事情聴取に使われていた「水の間」も、なんとなく空けることが多くなっていた。

メイは、リビングに近い部屋から順に見て回った。

「月の間」のエイはよく寝ている。

隣の「火の間」はおチヨさんだ。暑かったのだろうか、彼女は冷房が嫌いなので、窓を少しだけ開けている。明け方、涼しくなる前に閉めようと脳内にメモをした。

斜め向かいの、「土の間」。ここは島谷が使っている。布団が大きくめくれていたため、軽くかけ直した。こちらも暑かったせいかもしれないので、足から腹部のあたりまでにしておく。

その隣、「金の間」は、事件のあった「木の間」の向かいだ。松木は率先してこの部屋を希望した。殺人のあった部屋の向かいは誰も使いたがらないだろう、だから自分が、という配慮からの希望だったのだろう。松木はまったく音を立てずに眠っていた。いつもそうであるため、松木の宿泊のたびに毎回心配になる。こちらも近寄って寝息を確認するとちゃんと聞こえ、ほっと息を吐いた。

そうっと「金の間」を出たところで、誰かにぶつかった。思わず叫びそうになったところで、相手と目が合った。

「落ち着いてください、警察です」

「す、すみません」

「いえ、こちらも驚かせて申し訳ありません」

そっともう一度「金の間」を覗き、今の騒ぎで松木が目を覚ましていないことを確認して、メイは廊下を引き返した。ぶつかった警官はメイとは反対へ巡回に向かい、洗濯室の引き戸を開けている。

明かりのないリビングに戻ると、視界の隅に動くものがあった。ぎくりとしたが、よく見るとカーテンがなびいているだけだった。開いた窓から入ってくる風で揺れている。

神経が過敏になっている。目を閉じて大きく深呼吸をした。一度落ち着かなければならない。

あれ、なぜ窓が開いているのだ。

がつん、と後頭部に衝撃を感じ、床に倒れこんだ。

とにかく起き上がろうと、身体をねじった。途端、顔の横を何かが掠《かす》め、床に突き刺さった。包丁だ。ぞくりとした。恐怖が全身を走り抜けていく。

包丁が視界から消えた。身体を転がされて仰向けにされ、相手が馬乗りにのしかかってくる。サングラスとマスクで顔を隠しているが、男だ。ぐっと喉を絞められ、強く圧迫された。息ができない。床に投げ出した右手が、硬いものに触れた。ポケットから転がり落ちた、スタンガンだ。握りしめ、がむしゃらに腕を振り回した。ろくな抵抗ができたとは思えないが、腕が何かにぶつかる感覚はあった。唸るような声が聞こえ、のしかかっていた重量がふっと軽くなる。上半身を少し持ち上げて、メイの首を絞め上げている方の肩にスタンガンで一撃を食らわせた。ばぢ、と耳につく嫌な音がして、絞めつけが弱くなる。その隙に腕から逃れ、ごろごろと床を転がって距離を取った。勢いでスタンガンは手から離れ、どこかへ転がっていってしまった。咳きこみ、苦しくて仕方がない。涙で曇る視界の中、襲撃者が包丁を持って立ち上がった。

「明治さん！」

警官の声だ。

襲撃者は踵《きびす》を返して、窓からあっという間に飛び出ていった。

「明治さん！　大丈夫ですか！」

駆け寄ってきた警官に、咳きこみながら頷いた。もう一人の警官も入ってきて、相棒と、二、三、言葉を交わしたあと、すぐにまた出ていった。入れ替わりに鈴井が血相を変えて駆けつけ、苦しさにあえぐメイの背中をさすってくれた。

「メイちゃん、ここ、血が出てる」

気がつかなかったが、腕に浅い切り傷ができている。鈴井は救急箱を持ってきて、簡単な手当てをしてくれた。そのころには、呼吸もだいぶ落ち着いてきた。

続々と警察の応援が駆けつけ、あずき荘は急に騒がしくなった。

襲撃者は窓を外から少しだけ割って鍵を開け、侵入していた。

メイの仕事を引き継いだ鈴井は、利用者の無事を確かめたのち、夜勤業務に入った。もう鈴井には足を向けて寝られない。

警備員の庄山も、聴取のためにリビングへやってきた。外回りの警官は、あのあとすぐに襲撃者を追い、そのあいだは庄山が玄関の警備から離れられず、メイの元に駆けつけられなかったのだという。

「警備で雇われてるのに、役に立てず申し訳ない」

庄山は制帽を脱いで頭を下げた。庄山だけの責任ではないのだが、彼はしきりに謝った。姫野の事件以後、彼も色々と思うところがあったのかもしれない。

外回りの警官は、襲撃者を捕まえることはできなかったそうだ。メイは襲撃者の特徴を聞かれたが、おそらく男である、ということしかわからなかった。

一時間もすると、青ざめた奥末施設長も駆けつけて、メイは家へ帰されることになった。おまけに一週間の休暇までもらった。それがいい。このままあずき荘で働き続ければ、利用者たちにも危害が加えられてしまうかもしれない。

帰宅する前に、落としたスタンガンを探した。リビングの隅の棚の下まで転がっていた。そばに紙くずが落ちていたため、捨てようとそれも拾うと、文字が見えた。ハルの筆跡だ。

既に懐かしく感じる筆跡に涙が出そうになるのを必死でこらえて、丸められた紙を広げてみた。いつぞや休憩室でハルが書いていた、容疑者リストと証言リストだった。二つのリストの横に、雑多な文章がたくさん書かれている。思いついたままに書きなぐったらしく、字は汚いし文意にも脈絡がない。

「なんで姫じいを殺したのか」「凶器はどこ?」「姫じいの息子は大和男児」「緑は黒に見えることも」「犯人が着てたのは緑?」「あんみつの材料」「桜子かわいすぎ」「姫じいを恨んでた人はいない」「緑のことを青」「メイ探偵」「エイの和歌山弁」「藤原の孫」「凶器を消したのは私」「メイの勘違い」「明日、本人に確認」

いくつか気になる文章がある。

しかしその時、自宅まで送り、警護してくれるという女性警官が呼びにきたため、紙をポケットにしまった。

10

翌朝早く、藤原から電話がかかってきた。

「メイさん！　また襲われたと聞きましたが」

枕元に置いていたスマホを手に取り、ベッドで上体を起こす。

「……あ、はい、フジさん。えっと、今何時ですか？」

「五時半です。その、大丈夫なんですか？」

「はい、あの、生きてます」

「それはわかってますよ！　お怪我は？」

メイは腕や後頭部の痛みを思い出した。「ああ、そういえば。腕を少し切られました。あと喉も痛いです」というか、身体中が痛い。

「えっ、切られ、えっ、喉、喉ですか。そういえば声が少しおかしいですね」

「それは寝てたからで……あの、お話はもう少し休んでからでもいいですか」

「ああ、あの、はい、すみません。こんな時間に、非常識でした」

磯からメイが襲われたと聞いて、慌ててかけてきてくれたのだろう。その優しさに、温かい気持ちになる。

「では、昼すぎに電話してもいいですか」

「はい。出られなかったら、かけ直します」

「では、またお昼に。起こしてすみませんでした。おやすみなさい」

電話を切ると、寝室の向かいのリビングに座る女性警官と目があった。昨夜、自宅まで送ってくれた人だ。普段は寝室とリビングのあいだの扉は閉めて寝るのだが、昨日と今日は怖いのと警護のためとで、半分ほど開けて寝ていたのだ。

女性警官は、起こされたことに同情するように微笑んでくれた。


結局、朝十時に起きると、みしみしと軋むような身体に鞭打って、急いで家を出る準備をした。

「どちらへ？　不要な外出は控えていただきたいんですが」

昨夜から警護してくれている女性警官が、鋭く声をかける。

「すみません。どうしても行きたいところがあるんです」

「命を狙われる可能性があるんですよ」

「それでも、です」

女性警官はため息をついたが、メイの外出を許可してくれた。ただし、パトカーでの移動。少し恥ずかしいが、仕方ない。

ちょうど警官の交代のタイミングだったようで、夜間警護とは別の二人と共にパトカーへ乗りこんだ。今度は二人とも男性の警官だ。運転席に座る警官へまるでタクシーのように行先を伝えることに、申し訳なさを感じた。

車だと目的地まではあっという間だ。メイは尾茂田澄子の家の呼び鈴を鳴らした。

澄子は、メイの両脇の警官を見て、眉をひそめた。

「なんや。メイちゃん、逮捕されたんか？　ひょっとして、あんたが殺人事件の犯人やったんか」

「まさか、違いますよお」メイは笑い、車中で考えてきた嘘を話した。「こないだ、うちの職員がものを盗んだって、おっしゃっていたでしょう。詩織さんは何も盗まれてないっておっしゃっていましたけど、念のためにと警察の方があずき荘に来られたんですよ。そのあとに私がここまで案内してきたんです」

両サイドから鋭い視線が突き刺さったのを感じたが、メイはひたすら澄子に微笑みかけた。

「中、拝見しても？」

澄子は歓迎してくれた。

「嘘をついて人の家に上がりこむのは犯罪なんですがね」上がる際、警官の一人が耳打ちしてきて、メイは両手を合わせた。引き止めなかったのは、メイの必死さに思うところがあり、見逃してくれたのかもしれない。

「それで、何が盗まれたんです？」

「食べもんや、食べもん。食料。缶詰」

「何の缶詰ですか？」まさか、みかん？

「ゆであずきの缶詰や。ぜんざいしよ思てたのに。ぎょうさん入っとるごっつい缶や。ほんまに、がめついやっちゃで」

ゆであずきの缶詰もみかん缶と同じく、通常であればあずき荘の職員は購入しないものだ。娘の詩織にも買った覚えがないのなら、そんなものは元々なかったのではないだろうか。

「どこに置いてあったんですか？」

「大きゅうて、食器棚の横のかごに入れへんかったから、押し入れの中にしまいこんどってん。せやのに、あの娘っこ、色んなとこ開けて色々あさりよってからに」

押し入れは、訪問介護中もほとんど開けることはない。

メイは中を見せてもらうことにした。警官の効果か、澄子も素直に見せてくれる。

「その手前の箱ん中や。キッチンに置かれへんような大きいもんはそこへ置くんや」

大きな段ボール箱が置いてある。メイは澄子の許可を取って、中身を確認した。五キロの米、梅酒の瓶、それに備蓄用なのだろうか、一リットルのペットボトルの水も五本入っている。ゆであずきはなかった。

確認を終え、メイは尾茂田宅を辞することにした。

「缶詰を盗まれた時、その子、何か言ってました？」

玄関で礼を言ったあと、最後にメイは尋ねた。

「ああ、そういえば……簞笥やら押し入れやら探してるあいだずっと、『違いますように、違いますように』って、ぶつぶつ言うとったわ。ほんで押し入れからあずき見つけたら、ぼけーっとしとったで。ようわからん子や。けど、ええ子や思とったのに、残念や」

なんだかんだ、澄子もハルのことが好きだったのだ。

パトカーへ戻り、警官にあずき荘へ向かうよう頼んだ。もはや完全にタクシー扱いだ。

連日の事件による疲れから、思わず腕の傷を忘れて勢いよく座席にもたれこんでしまい、小さく叫んだ。


あずき荘に顔を出すと、職員たちは心配そうな顔をした。

「あの、すぐ帰ります。エイさんとお話ししたくて。五分でいいんです」

具体的な時間を告げたからか、みんなほっとした表情になる。

エイと少し話して、すぐにあずき荘をあとにした。鈴井がいたら昨夜の礼を言おうと思ったのだが、さすがに鈴井も連続勤務は免除されたようだ。

昼前に自宅へ戻ると、昨晩一緒だった女性警官が男性警官の一人と交代し、一緒に部屋へ入ってくれた。室内へ入る時は必ず女性警官が一緒だが、メイが男性に襲われたことへの配慮だろうか。

作り置きと冷凍食品で昼食を済ませ、今日手に入れた情報についてじっくり考えた。テーブルにはハルの遺《のこ》したメモを置いている。

一時間半も考えこんだころ、スマートフォンが鳴った。藤原だ。

「メイさん！　まだ無事ですか」

「まだってなんですか、まだって」思わず笑った。「そのうち確実に無事じゃなくなるような言い方ですね」

「失礼しました。その、心配のあまり、ですね」

「わかってますよ。ご心配ありがとうございます。今朝の電話も。でもあんな時間に、磯さんから聞いたんですか？」

「ああ、その、早朝にすみませんでした。メイさんの夜勤が心配で、磯のやつに『何かあったら何時でもいいから連絡してくれ』って言ってあったんですよ」

昨夜の詳細を聞きたがる藤原に、メイはざっと説明した。話しながら、考えがまとまっていった。

「あの、フジさん。今晩空いてませんか」

「空いてますよ」

「どこかで一緒にご飯はいかがですか」

「いいんですか？　あまり外出しないよう言われてるんじゃ」

「けどうちに来てもらっても、室内に警察の方がいると話しにくいでしょう。家の近場なら許していただけると思います」言いながら、ちらりとそばにいる女性警官を見た。苦笑して頷いている。許可は出たようだ。

「ただ、私はパトカーで行くことになると思いますが」

「わかりました。では、仕事が終わったらまた連絡します」

「お待ちしています」

メイは電話を切った。

マンションの外から、子供たちの遊ぶ声が聞こえてくる。いつも聞き慣れた無邪気なはしゃぎ声が、遠く、もの悲しく聞こえた。

11

店はメイが指定した。駅前にある、そこそこ広くて落ち着いた雰囲気のフレンチレストランだ。訪問介護へ向かう途中で見つけて、近いうちに一度来てみたいと思っていた店だった。藤原とどこで会うか考えた時に妥当な店が思い浮かばず、単純に行ってみたかった店にしてしまったのだ。電話で個室を予約しておいた。

まずは食前酒で乾杯する。

「メイさん、怪我は大丈夫ですか」

「腕の傷は、昼間に病院で診てもらいました。傷は浅かったんですけど、警察の方に言われて、一応受診したんです」

「本当に危なかったですね。無事でよかった」

「そうですね。ところで、何食べましょう。コースにしますか」

「そうしましょう。せっかくの、おしゃれな店ですからね。今まではラーメンにお好み焼きに、おしゃれとは程遠い感じでしたし」

メイは店内を見回した。レンガの壁に、ダークブラウンで統一されたインテリア。照明やテーブル上の小物もアンティーク調で、ゆったりと寛《くつろ》げる雰囲気だ。個室ではあるが、入口にドアはない。ウェイターが料理を出すタイミングを計るためなのだろう。

「ワイン飲みますか?」

「そうしましょう」

ちらりと視線を交わし、肩肘張らない表情で微笑みあった。

おすすめコースと、店員に聞いてコースに合うワインを注文した。

「警護の方は? 外にいるんですか」

「外に二人と、通路の向こうの個室にもお二人」

藤原が個室の入口を見やると、向かいの個室の二人組に、じろりとにらまれた。

「あ、にらまれてしまいました。すみません」

「こちらこそすみません。私が無理を言って外出したせいで、警察の方も来てくださってるんですから。それにしても、刑事さんの眼力ってすごいですよね」

「磯もあんな威厳ある顔つきができるのかな」

「磯さんは、無表情で攻めるタイプって感じですよね」

「ああ、そうそう、確かに。よくわかりますね」

前菜が運ばれてきた。白身魚のムースと夏野菜のマリネを説明するウェイターの肩越しに、刑事たちの個室にも料理が運ばれている様子が見えた。

「それにしても、物々しい警護ですね」

「ハルが死んだ翌日から、連日で襲われましたからね。どうしても犯人は急いで私を始末したい理由があるんじゃないかって、警察は考えているみたいですよ。あわよくば、私を囮《おとり》にして逮捕できないかって思ってるのかも」

「そんな。囮ですか」

「二度も狙われてますからね」

「心当たりはないんですか。犯人の正体に迫ったとか」

「うーん。ハルが殺された時や最初に襲われた時は、心当たりはなかったんですけどね」

「では、今は心当たりが？」藤原の目が光った。

「その話は、あとにしませんか。先に料理をおいしくいただきましょう」

メイは白身魚のムースを口に運んだ。舌触りはなめらかで柔らかく溶け、ねっとりとした旨味が口いっぱいに広がる。普段なかなか口にすることのない、上品な味だ。

この店は一番高価なコースでも六千円程度と良心的だが、例えばメプリーズ・サンククルールでディナーコースを頼んだら、いったいいくらになるのだろう。ここの二倍、いや三倍以上してもおかしくない。

「メプリーズ・サンククルールって、行ったことあります？」

「ああ、最近話題の。いや、行ったことはないです。メイさんは？」

とすると、藤原は前田とのランチの約束を、まだ果たしていないのか。メイも行ったことがないと返すと、藤原はディナーを誘ってきた。

「でも、とても高いと聞いているので……」

「もちろん、おごりますよ」

「じゃあそのうち、機会があれば」

「それって、体のいい断り文句じゃないですか」藤原はすねたようにぼやくが、すぐに微笑んだ。

「けど、今日は嬉しかったんですよ。メイさんから誘っていただいて。いつもつれない態度で、寂しかったんですから」

「別に、つれないってわけじゃ……」

口ごもったところに次の料理が運ばれてきて、メイはほっとした。ウェイターがいなくなったタイミングで、メイは話題を変えた。

「フジさん、お仕事は楽しいですか」

「ええ、まあ。昔からやりたかった仕事ですからね。あれ、メイさんに、何の仕事してるか言いましたっけ」

「あずき荘の同僚に聞いたんです」職場に行ったとは、まだ言わない方がいいだろう。

「メイさんは？　お仕事楽しいですか？」

「楽しいですよ。きつい仕事だって思われがちですけど、本当に楽しめる仕事です。介護って、生活のお手伝いをするだけじゃなくて、謎解き要素だってあるんですよ。利用者がなぜ徘徊、暴力、異食をするのか。それぞれの理由を、性格や経歴から推理して対策を練る。最初の策が失敗したら推理し直して、次の策を練る。向き不向きはありますけどね、私にはすごく向いている仕事でした」

「確かに、あずき荘でのメイさんは輝いていました」

藤原が興味深そうに頷いてくれるのが嬉しくて、自分の推理が的中した例を一つ二つ、熱く語ってしまった。

その後も、様々な話題について話した。好きな映画、よく聞く音楽、子供時代の話。いくら話しても、話題は尽きなかった。メイン料理が運ばれてくるころまで、何度もワインをおかわりした。とても楽しかった。

しかし、自らの手で楽しい時間を終わらせなくてはならない。食後のコーヒーを運んできたウェイターを見送って、メイは切り出した。

「聞いていただきたい話があるんです」

「なんでしょう」

「姫野さんの殺人事件のことです」

藤原は姿勢を正した。「何かわかったんですか」

「実は、ハルの書いたメモが見つかったんです」

「何が書いてあったんですか」

「それが、思いつくままに何でも書いていたみたいで。よくわからないことが取り留めもなく書いてあったんですが」

メイはメモをテーブルの上に置いた。藤原は興味深そうに覗きこみながら、「ここに書いてある『藤原さん』って、一瞬僕のことかと思いました」と、和子の証言を見て笑っている。

「これを見ると、ハルさんも色々と推理していたみたいだね」

「そうなんです。ハルは、犯人を探し出そうと必死でした」

メイは一息入れた。

「警察が、誰を最有力容疑者と見ているか、知っていますか？」

藤原は首を振った。

「ハルは、警察から最有力容疑者と疑われている人間に、好意を抱いていたんです。だから、真犯人を探そうと躍起になっていました」

ハルを過去形で話すことにはまだ慣れそうもないし、涙が出そうになる。だが、最後まで話を続けるには感情を切り離す必要がある。コーヒーを一口すすってから、メモを指した。

「ここ、見てください。『凶器を消したのは私』って」

藤原は、メモを覗きこんだ。

「どういう意味なんですか」

「これは、ハルが亡くなる前、彼女が話していたことなんです」

藤原が視線を上げ、きちんと聞いていることを示す。

「姫野さんが殺された日、ハルは訪問介護の担当でした。事件前、ハルは訪問先からの帰り道にスーパーに寄って、次の訪問先に持っていく買いものをしています。そのあと、一度あずき荘へ帰ってきて、持ちものを入れ替えた。訪問先で回収してきた洗濯ものを洗濯室へ、次の訪問先へ持っていく薬を取りに事務室へ。その際、スーパーの袋が重いので、大抵の職員は廊下の途中に置いたままにするんですよ。大体、洗濯室に向かう廊下の途中にある、ベンチに置くことが多いですね。あの日のハルもそうしたんです。ベンチにスーパーの袋を置いて、洗濯室へ。その後事務室へ行っているあいだに、姫野さんは殺された。そして、犯人は凶器を持って『木の間』から逃走。『凶器を持ったままでは動かぬ証拠となってしまう』と、とっさに思いついたのでしょうか。どこかに凶器を隠さなきゃ、と考えた時に目に入ったのが、その袋だったんでしょう。犯人は袋の中に凶器を隠し、走ってリビングの方へ。途中、『日光の間』にいた五人の利用者に、走り去る姿を見られてはいますが、リビングへ着いたあとは何食わぬ顔でそこにいました。人が大勢いたリビングに逃げこめば、嫌疑がかかりにくいと考えたのかもしれません」

「ちょっと待ってください」藤原がメイの話を止めた。「姫野さんの殺害は、計画的犯行ではなかったんですか。どうも聞いていると、行き当たりばったりの衝動的な犯行に思えるんですが」

「そうなんです」メイは力なく笑った。「これは衝動的な犯行だったんです」

「そんな馬鹿な」

「あらゆる偶然がそろってしまって、変に複雑な事件になってしまっただけなんです。こんなことになって、一番驚いているのはおそらく犯人自身ですよ」

「だって、凶器も、証言も……」

「話を続けますね」

そう言ってから、メイはもう一度コーヒーで喉を潤《うるお》した。藤原も、思い出したようにコーヒーに口をつけた。

「犯行後、犯人がリビングへ戻ったすぐあと、鈴井さんが『木の間』の戸をノックします。ちょうど同じころ、ハルはスーパーの袋の中身が増えていることにも気づかず、それを持って次の訪問先へ向かったんです。元々の買いもの自体、重いものが多くて、多少重量が増えていてもわからないと思います」

「でもそれだと、ハルさんが訪問先に着いた時点で、入れた覚えのないものが袋に入ってるってわかるのでは？」

「その訪問先では、買ってきたものは袋ごと利用者に渡すだけなんです。利用者も、受け取ったものは全部自分のものだと思って疑わない方ですし」

「じゃあ、凶器はその利用者の家に？」

メイは首を横に振った。「実は午前中に訪問したんですが、何もありませんでした。姫野さんの頭部は血がにじんでいましたし、必ず凶器に付着しているというのが警察の見解なのですが、殴打した凶器と一目でわかるものは見当たりませんでした。でもそれはおそらく、ハルが持ち出したようです」

「ハルさんが？」

「フジさんもご存じのように、ハルは殺される前日、その利用者の家に行き、泥棒扱いされました。実は、缶詰をその人の家から持ち出したらしいんです。それが凶器だと、私は思ってます」

「それは、警察には渡ってない？」

「はい。……ここからは、完全に私の想像なんですが」前置きして、メイは続けた。「ハルは、犯人に会いに行ったんじゃないでしょうか。凶器という証拠を突きつけて、それでもその人物に自分は無実だと証明してもらうため、あるいは、自首してくれと頼むために」

「そして、殺されてしまった……と？」

「そう思います」

ハルのメモに視線を落とした。藤原もそれを見ている。

「ハルは、私より先に真実にたどり着いたんだと思います。何が決め手になったのかはわかりませんが、ハルと私の得ていた情報はほとんど同じものです。ハルは、私と一緒に調査をしていることを犯人に話したかもしれない。そうでなくても私とハルが色々と調べ回っていたことは、誰に口止めをしたわけでもないので犯人も知り得ることでした。それで犯人は、私も殺そうとした」

話していて、肩が震えた。温もりを求めて両手でコーヒーカップを持ち上げるも、中身はすっかり冷めていた。

「ご存じでしょうが、姫野さんはここ最近、あんみつに凝っていたそうです」

一瞬、藤原が眉根を寄せたが、メイは構わずに続きを話す。

「件の凶器の持ちこまれた家には、みかんの缶詰がありました。その家に住む利用者は、くだものが嫌いなので、私たちあずき荘の職員は、その家にくだものは買っていかないようにしています。なのに事件の翌日、その人の娘さんがみかんの缶詰を見つけたんです。おそらく、あずき荘で犯人がスーパーの袋に隠して、ハルが知らずに持っていったものでしょう」

「とすると、それが凶器？」

「いいえ」メイはメモを指した。「先日警察に確認してもらったのですが、ルミノール反応はなく、指紋もその利用者のものしか出なかったんです。他にも付いていたはずの指紋は、おそらくですがその利用者が触りすぎて消えてしまったんじゃないかと。その利用者からするとみかん缶は不要なものなので、置き場に悩んだでしょうしね」

「でも、指紋は犯人が拭き取った可能性もあるでしょう。犯人の指紋がなかったからと言って、凶器じゃないとは言えませんよね」

「いいえ、形もきれいすぎてとても人を殴った代物には見えないとのことでした。血が付いていないのはもちろんのこと、人を殺すほどの力で叩きつけられた缶詰なら、へこんでいるのが当然ですよね。なのに、少しも変形していなかった。おそらく、凶器と一緒に犯人が入れたものなんでしょう。凶器を袋に隠す際、意図的か無意識かはわかりませんが、みかん缶も一緒に入れちゃったんですね。多分、相当慌てていたんでしょう。何せ、殺すつもりなんてなかった、衝動的な殺人だったんですから。もしくは、あんみつの準備中に殺してしまって、鞄から出していた材料がその二点だけだったのかもしれませんね」

「では、本当の凶器は何だったのですか」

「みかん缶を持ってきた方の意図は、姫野さんに食べてもらう、あんみつの材料にするつもりだったんです。本当はフルーツミックスの缶詰を用意したかったのに、都合でみかん缶になってしまった、という話です」

「そんな情報、どこから……」

「豆や白玉も用意したかったのに売ってなかったそうです。でも、手作りの寒天と黒蜜は持参していました」

「それって……」

藤原をさえぎって、メイは話し続けた。

「けれど、その三つの材料じゃ、あんみつとは言いがたいですよね。あんみつにするには、最低でももう一つ材料が必要です」

「……あんこ、ですか」

メイは頷いた。

もっと早い段階で気づくべきだった。藤原の同僚、柊が教えてくれたではないか。「あんみつとしては中途半端、豆、白玉、ミックスフルーツの缶が用意できなかったからだ」と。つまり、それ以外の材料はそろえることができていたはずだったのだ。

「件の利用者は、ハルが持っていったのはゆであずきの缶詰だ、と言っていました。本当にゆであずきなのか、あんこだったのかはわかりませんが、どちらでもそう変わりはないでしょう」

どちらだったのかを知っているはずの藤原は、何も言わない。メイはまた口を開いた。

「とにかく、姫野さんへの好意であずき荘に持ちこまれたあんみつの材料によって、姫野さんは殺されたのです。これで、凶器の件は説明がつきました。次に、五人の異なる目撃証言についてです」

冷めたコーヒーを飲むと、昨夜圧迫された喉が痛んだ。

「前に話したことと重複しますが、改めて一つずつ考えてみましょう。まず、フジさんがおっしゃっていた『青』です。お年寄りは緑を青と呼ぶことが多い。実際、『青』の証言をした方に緑色を見せて、犯人の服はこんな色かと聞くと、肯定しました」

メイはハルのメモを引き寄せて、ハルの書いた証言リストの部分に書き加えた。

・島谷のおっちゃん（青）↓緑

「次に、『黒』です。こちらも以前お話ししたように、高齢になってくると緑が黒っぽく見える方もいるようです。また、こちらもハルが証言者に緑色を見せて、あの日見たのはこの色だった、と確証をいただいてます」

更に、リストに書き加えた。

・先生（黒）↓緑

「次は、『赤』です。これは、最後までわかりませんでした。ハルの走り書きを見るまでは」

メイはメモの一部分を示した。「『エイの和歌山弁』って、書いてあるでしょう。エイさんは和歌山出身で、和歌山弁を話します。ハルは亡くなる前、和歌山に住む彼女のおばあさんに会いに行っていたんです。帰ってきてから、私がエイさんの『赤』の証言を聞いた時の会話について、『正確には何て言ってた』か、『エイさんが言ったまま』を知りたがりました。それを思い出して、ひょっとしてと思ったんです。『赤』っていうのは赤い色の意味ではなく、和歌山の方言で違うものを指すのではないか、と。それも今日、エイさんに確認を取ってきました。私、事件直後にエイさんが目撃した人物は男性だと話すのを聞いて、『本当か、暗くて見えなかったんじゃないか』って、質問したんです。その返事は、『あかかったさけ、よう見えた』。『あかい』というのは、和歌山の方言では、『明るい』、という意味になるんだそうです」

つまり、「暗くなかった、明るかったからよく見えた」、とエイは主張していたのだ。着ていた服の色について、一言も証言していないということになる。

・エイさん（赤）↓服の色についての言及なし

メイはペンを持ったまま、エイの証言の一行前へ移った。

「おチヨさんは、記憶力はかなり衰えてますけど、目はまだまだ若いみたいですね。おチヨさんの証言は正解、真実と言っていいと思います」

・おチヨさん（緑）↓緑

メイはそこで一度ペンを置いた。証言者はもう一人残っている。藤原の祖母、和子だ。

言い淀むメイとは対照的に、藤原はずばりと切りこんでくる。

もうここまで来てしまったのだ、今更止めることはできない。

「白、の証言は？」

「白、の証言者である藤原さん……あなたではなく、利用者の藤原さんのことです。彼女はあずき荘に警察が来て、『姫野一郎さんが殺された』と聞いた時、犯人がわかってしまったんです。藤原さんは、姫野さんを殺す動機がある人物を知っていた。しかも、藤原さんにとって近しい人物だった。なんとか犯人をかばえないかと考えた時、自分が犯人らしき人物を目撃していることに気づいたんです。その上、他の目撃者はその犯人の服の色を、『青』や『黒』とバラバラに証言している。そこで自分が更に違う色を言えば、捜査を攪乱《かくらん》できると思ったのでしょう。実際、おかげで捜査はかなり停滞しました」

メイは再びペンを取った。

・藤原さん（白）→偽証

メイはまっすぐに藤原を見据えた。彼も同じように視線を返してくる。

「つまり、こういうことです。犯人は、姫野さんを殺害する明確な動機があり、あの日緑色の服を着ており、差し入れの缶詰を手にすることができた人物」

藤原が、揺るぎないまっすぐな目をしていられる理由がわからない。動揺を押し殺し、静かに告げた。

「姫野さんを殺したのはあなたです、藤原イツキさん」

藤原は微動だにしない。どう切り抜けるかを冷静に思考しているのか、それとも、唐突に犯人だと名指しされて、内心は動揺しているのだろうか。

緊張感と解放感が同時に訪れたような、不思議な感覚にメイは襲われた。

藤原は何も発しない。

無言に耐えられなくなったメイは、奇妙な高揚感にあと押しされ、更に口を開いた。

「あの日あなたは、あずき荘へ行くまで姫野さんを殺すつもりなんて微塵《みじん》もなかったんでしょう。婚約者の祖父である姫野さんに気に入られようと手作りの寒天まで用意し、彼の好きなあんみつの材料を持ってあずき荘へ向かったくらいですから。しかし、そのあんみつを食べてもらう前に、姫野さんは遺言状の書き換えの話をして、絶対に婚約は認めないと拒絶した。ついカッとなってしまったあなたは、その時持っていたゆであずきの缶詰で姫野さんを殴り、殺害したんです」

一度様子をうかがうが、やはり藤原は完全に固まっているようだ。

「イツキさん」つい、また名前で呼んでしまった。今更だ、もうイツキさんでいいだろう。「事情聴取で、みかん缶とゆであずき缶のこと、言ってないでしょう。警察から得た情報のせいで、私やハルもイツキさんの持ちものは寒天と黒蜜だけだと思ってました。もし他の人間が犯人なら、自分の持ってきたものくらい正確に供述しますよね」

「あの」

藤原がようやく言葉を発した。

メイは緊張しながら続きを待つが、藤原は口を薄く開閉するばかりだ。メイはひたすら待った。

「あの、僕はイ……いや、それよりあれです、アリバイ」何分か待って、彼からやっと言葉が出た。「僕のアリバイ、ありますよね。それって、メイさんの証言、のみだったんですか」

「ええ。犯行時刻に私、あなたがリビングにいるのを見てるんですよね。けどその状況は、少し考えれば簡単に説明がつくことでした。姫野さんを殺害した時は、偶然うまく倒れて音が立たなかったんでしょう。そのあとで姫野さんの身体を、ベッドや壁を使って固定した。固定といっても、壁に不安定にもたれさせる程度でいいんです。自分がリビングに戻るまでのあいだだけ、時間を稼げればいいんですから。固定したら急いで『木の間』を出てリビングに向かう。そのうちに姫野さんが倒れて、大きな音がするわけです。『日光の間』にいた五人が音を聞いたのと犯人を目撃したの、どちらが先だったかなんて本当は覚えていないと思うんです。なんといっても、お歳ですから。おそらく警察もその可能性を考えていたから、磯刑事はあなたに、アリバイはないも同然といったような態度を取ったのでしょう。簡単なことなんですが、凶器の消失や証言の不一致があったものだから、つい難しく考えてしまっていたんです、ハルも私も」

藤原の手が動き、思わず身体をびくりと震わせてしまった。藤原は、片手でメイに詫びるような仕草をしてから、カップに残ったコーヒーを飲み干した。

「メイさんはなぜ僕に、犯人だと考えた僕に、こうして一対一で推理を話したんですか？」

「ハルは、近藤刑事と親しかったんです。なのに犯人がわかっても、彼にも何も言わずにあなたに会いにいった。自首してほしかったんです。ハルは……あなたを憎からず思っていましたから」

目を伏せた藤原が、少しでも自責の念にかられていてほしい。ハルの命があまりにも簡単に奪われてしまったことが、悔しくてならなかった。

同時に、いまだに信じられない。この気のいい人間が、姫野を、ハルを殺したのだと、どうして信じられるだろう。

「自首してほしくて、こんなことを?」

「よくわかりません。あなたに私の推理を否定してほしかったのかも。……もしかしたら、ハルも同じ気持ちであなたに会いに行ったのかもしれませんね。先に警察に話してしまったら、もうあなたとこうして話す機会はなかったかもしれないから」

藤原は、口元に手を当ててうつむいた。

「あなたは凶器の缶詰をもう処分してしまったでしょうけれど、私を襲った証拠ならきちんと残っています。昨晩私を襲った際、あなたも肩に怪我をしたでしょう。その怪我を負わせたのは、あなたのくれたスタンガンですよ。どうして私にあんなお守りをくれたんですか」

藤原はうつむいたままだ。

「とにかく、あのスタンガンは、まだ警察に提出していませんが、保管しています。検査をすればあなたの傷痕と一致するでしょう」

もうこれ以上、伝えたい言葉はない。

しばらくして顔を上げた藤原は、メイの目を変わらずまっすぐに見つめた。

「メイさん。あなたの推理は正しいと、僕も思います。しかし一つだけ言わせてください」

笑いたいような泣きたいような心持ちで、メイも彼をまっすぐに見つめ返した。

「あなたの言う『イツキさん』は、僕ではない」

12

九月十二日、木曜日。あずき荘は今日も平和だった。

いつも通りの日勤を終えたメイは、手早く着替えて六時すぎに退勤した。あんなにも暑かった夏もようやく終わりの兆しを見せ、ここのところは幾分過ごしやすく涼しい日々が続いている。メイは手に持った夏用カーディガンを着ようかしばし悩んで、結局腕にかけた。今の時間はまだ半袖で大丈夫だろう。

いつもハルと別れていた交差点で、メイは自宅ではなく駅の方向へと曲がった。駅前の居酒屋で飲む約束があるのだ。

あと数分で着くというところで、ポケットに入れたスマートフォンが振動した。先に店に入っているという旨のＬＩＮＥが届いていた。

入店すると、入口近くの席で挙げた左手が見えた。

「遅くなってごめんなさい」

「いえ、僕も今来たところで。先に飲んでいて申し訳ない」

右手にビールジョッキを持ったまま、左手と合わせて謝罪のポーズをしたものの、あまり申し訳なくはなさそうに藤原は言った。

メイもとりあえずビールを頼んだ。

「今日のあずき荘はどうでしたか」

「いつも通りの平穏な一日でしたよ。もちろん殺人事件もなし。そちらは?」

「僕の方もいつも通りですよ。まったく女子高生ってのはどうして、あんなにもませていて扱いづらいんでしょうね」

「体育の先生なんでしたっけ」

「そうです。『女子高に体育の授業なんて必要ない』、なんて面と向かって言ってからサボる生徒もいるんですよ。それは僕じゃなくて文部科学省に提言してもらいたいんですが」

メイのビールもすぐに来た。

「それじゃあ、ええと。犯人逮捕と、ハルの回復に」

「乾杯」

ジョッキをぶつけた勢いで、満杯だったメイのビールが少しこぼれたが、気にせずにそのまま飲んだ。

「ハルさん、順調に回復してるんですね」

「はい。昨日お見舞いに行ってきました」

ハルは死んではいなかった。

犯人に襲われて山道から突き落とされたのは確かだが、落ちた先に茂みがあって地面に叩きつけられるのを免れたことと、目撃者のカップルがすぐに救助したことで、奇跡的に一命を取りとめていたのだ。数日は意識不明だったのだが、ようやく先日意識を取り戻し、面会可能になったのはつい二日前のことだ。

しかし、犯人がハルの生存を知れば、また狙うかもしれない。そう恐れた近藤の考えで、一時的にハルは死んだことにされていたのだ。


「チチオヤ、なんだよね」

「え？　何が」

「あの人。近藤って刑事」

昨日、病院のベッドで、ハルは打ち明けた。

「小学生のころにさ、仕事の忙しさが原因で離婚した、実の父親。最近になって私に会いに来るようになってさあ。お母さんに苦労させたし、私は全然許してなかったんだけどね。今回のことで、チャラにしなきゃいけない感じかな。色々世話になっちゃったし」

ハルは渋い顔をした。

そう言われて思い当たったのが、ハルの妙な仕草だ。姫野の会社を訪ねたあと、バーガーショップでハルに、エイの証言を詳しく説明した時のこと。ハルは、右目を細めて小指でトレーを叩く仕草をしていたではないか。そう、最初の事情聴取で、近藤が同じようにしていたのを、今更思い出した。

ハルと一緒に事件の調査をしていることを知っていたからなのか、メイに厳重な警護をつけてくれたのも近藤で、近いうちに御礼を言いに行かなければならない。

「チャラにはしなくていいと思うけど、もっと会ってあげたら」

「交流を深めるなら、実の父親じゃなくて格好いい男がいいなあ。でもそういう男は急に山道から突き落としてきたりするから考えものよね。鞄からシフト表を盗んで、私の同僚を襲いに行ったりもするし」

「一人で会いに行くからでしょ。言ってくれたらよかったのに。そもそも、私の勘違いに気づいた時に、なんで教えてくれなかったの？」

「それは……ごめん。でも、私が無実を証明したかった人は、メイが無実だと思ってた人とは違ったんだよ。それをメイに言っちゃったら、もう協力してくれなくなるかもしれないじゃん」

そう言われると言い返す言葉がない。確かに、自分が勘違いしていたことに気づけば、それを警察に黙っているという選択肢はなかっただろう。

黙りこんでしまったメイの腕を軽く叩いて、ハルは笑った。

「まあ、今考えると私が悪かったって思えるけどね。まったくもって、恋は盲目ですこと」

ハルのおどけた口調に、メイも思わず笑ってしまった。

「それで、メイはどうなのよ。藤原さんとは。仲良くやってんの」

「仲良くって……警察の事情聴取でばたばたしてて、あれから会ってないんだ。明日、仕事のあと飲みに行こうって約束したけど」

「ほうほう。じゃあ今度、進展聞かせてよね」

「進展って。事件の調査は終わったでしょ」

「調査じゃない方の進展に決まっててんでしょ」

ハルはじろりとにらみつけつつも、口はにんまりと笑っていた。


「やっぱり仕事後の一杯目は最高ですね」

ほぼ飲み干したジョッキをテーブルに置く。

「異議なし」

メイの笑顔に、藤原も笑顔で返した。先に飲んでいた彼は、店員におかわりを頼んでいる。

「何食べますか」メイはメニューを藤原に見せた。

「アスパラ以外なら何でも」

「嫌いなんですか？　アスパラ」

「そう。言ってなかったっけ」

「そういえば、苦手な食べものは聞いてなかったですね。何度か食事をご一緒してるのに。私は素麺《そうめん》が苦手です」

「初耳だ」

「私たち、殺人事件の話ばかりしてましたもんね」

「僕のおばあちゃんの話、もう少しするべきでした。そうしたらあんな誤解も起こらなかったのに。反省してます」

藤原は笑いをこらえている。

「もう。笑わないでください。あの時のことを思い出すと、めちゃくちゃ恥ずかしいんですから」

あの時というのは、メイが藤原に推理を話して聞かせた時のことだ。ここでメイと一緒にビールを飲んでいる藤原は、もちろん警察に逮捕されていない。


「あなたの言う『イツキさん』は、僕ではない」

そう言ったあと、藤原は長い息を吐いてから微笑んでみせた。

「ああもう、途中までは感心して聞いていたのに、犯人と言われてから、あまりのことに頭が真っ白になりましたよ！　とりあえず、犯人は僕ではないので、安心してください」

「でも、私の推理は正しいって言いませんでした?」

わけがわからず、メイは食い下がった。

「ええ。あなたの推理は正しいけれど、僕は犯人ではない。結論から言うと、僕は、『イツキさん』、じゃないんです。僕の名前は、『イツキ』じゃなくて、『アキハル』です。藤原アキハル。更に言うと、僕の祖母は真田です。真田は母方の祖母なので、母が『藤原』姓の父と結婚して、苗字が真田から藤原になったんですよ。だから僕は『藤原』だけど『真田の孫』なんです」

「えっ」

メイは目を見開いた。

「信じられなければ、磯に確認してください。いや、向こうの席にいる刑事さんたちも、僕の氏名くらいは知っているでしょう。一応僕も、事件の関係者だし」

硬直したメイを見て、藤原は苦笑した。

「まあ、僕も悪かったですよ。最初にメイさんと会った時、『藤原といいます』、なんて中途半端な自己紹介をしたから。他に藤原さんという名前の利用者がいらっしゃるとは知らなかったですし。メイさんが僕の祖母だと思っている人のことを、『和子さん』と呼んでいたことを考えると、その利用者の藤原さんの下の名前も『和子さん』、なんですね？」

メイは頷いた。いつも真田のことは「先生」と呼んでいるせいか二人が同じ名前だという意識は薄く、「和子さん」と口に出す際に真田先生のことはまったく頭になかった。

そういえば以前、藤原和子に名前の由来を聞いたことがある。昭和初期の生まれ、つまり元号が新しくなった頃に産まれたから。当時は、「和子」や、「昭子《しょうこ》」が、随分と多かったらしい。そうだ、真田和子と藤原和子は同世代だと話していた。

「え、ちょっと待ってください。それじゃあ、『イツキさん』っていうのは？」ようやく声が出る。

「もちろん、藤原和子さんのお孫さんです。『イツキ』、というのは苗字じゃないですかね。僕も、姫野さんの事件の日にちょっと挨拶しただけですけど、『イツキです』って挨拶されたような。普通に考えたら、数字の五に樹木の木の、五木《いつき》さんじゃないかな」

事件当日の来客のうち、男性は二人。つまり、今まで真田先生の孫だと思っていた、メイは少し挨拶しただけのあの男性が、五木某。藤原の孫で、桜子の婚約者で、そして姫野とハル、メイを襲った犯人。そういえば彼も、事件の日は緑色の服を着ていたではないか。

今目の前にいる男性は、ただの「真田先生の孫」で、それ以外の付加情報はない。

「おそらくハルさんは、調査の途中でメイさんの勘違いに気づいたんですね。この紙にも、『メイの勘違い』、って書いてますし」藤原はその部分を指した。「それで、メイさんの言う『五木さんのアリバイ』が、成り立っていないことに気がついたんじゃないかな。大体、メイさんがさっき言った、姫野さんの遺体を適当に固定する、なんてトリックは無理がありますよ。どうやって遺体を固定できます？　それに、いつ誰が部屋へ来るともわからない状況ですよ、一刻も早くその場を立ち去ろうとするのが普通じゃないですか。そもそも、そんな痕跡があれば当然警察が見つけてますよ」

「それは、だって……それしか考えられなかったんです。犯人のはずのあなたを、私がこの目で犯行時刻に目撃していたんですから」

言いながら、メイはハルが勘違いに気づいた時のことを思い出していた。五木の会社に行った帰り、メイのスマートフォンに藤原からＬＩＮＥが届いているのを見た時。「フジさんってどこの誰なの？」と尋ねられ、しどろもどろに返答した。思い返してみれば、確かにあの時のハルの言動は不自然だった。

「ええと、あの。つまり、犯人はイツキさんで、でもイツキさんはあなたの名前ではなくて、凶器も証言の謎も解明できたしアリバイも崩せた、おまけに私を襲った証拠のスタンガンまである、ってことでいいんでしょうか」

「その通り。では、ありのままを今から警察に話しましょうか」

「え、ありのままって、私がフジさんをイツキさんだと思ってたってことも？」

「ええ。そうじゃないと、メイさんの証言した五木さんのアリバイが、崩れたことになりません」

「何それ恥ずかしい！」

「まあまあ。犯人逮捕のためですから」

そう言って藤原は、メイが動揺しているのもお構いなしに、通路の向かいの個室にいる刑事を呼んだ。


「あの。よく考えたら私、謝ってなかったなと思うんですが。犯人呼ばわりして、すみませんでした」

お腹がふくれるほど飲食したあと、メイは謝罪した。

「いえいえ。面白い体験でした。あんな体験、なかなかできませんからね」

藤原は軽く手を振って笑った。

いったいどれほどの長期間を、「藤原＝イツキ」だと勘違いしていたのだろうと考えると、今でも顔が熱くなってしまうほどに恥ずかしい。

藤原のことを、ハルの前では「イツキさん」としか呼んでいなかった。「藤原さん」だと「藤原和子」とややこしくなるためだ。そして藤原の前では、彼を「藤原さん」や「フジさん」としか呼んでいなかったため、気づくことができなかったのだ。一度だけうっかり、藤原の前で「イツキさん」と口走ったことがあったが、藤原はそれを「五木さん」だと、つまり自分とは違う人間の話として聞いていたようだ。

「そうだ、昨日磯と話したんですよ。メイさんによろしくと言っていました」

結局は警察のにらんでいた通り五木が犯人で、磯は少しばかり得意そうにしていたそうだ。

あずき荘では、五木の祖母である藤原和子の消沈ぶりがひどく、職員は全力を挙げて彼女の精神面のケアにあたっている。独居の和子は自宅では気が滅入《めい》るだろうと、あずき荘への来所日を増やすのはどうか、という声も出ている。

五木の婚約者、桜子も当然落ちこんでいるだろう。非常に心配ではあるが、メイは桜子に連絡できないでいる。五木の無実を証明するために調査をしていると説明したのに、結局のところ五木はメイのせいで逮捕されたようなものだからだ。桜子に合わせる顔がない。

もちろんメイが悪いわけではなく、彼女もそれはわかってくれるだろう。が、互いに落ち着いて話すためには、もう少し時間が必要かもしれない。

改めて和子と桜子の悲しみに思いを馳せると、胸が締めつけられるようだ。五木には、しっかりと罪を償《つぐな》ってほしい。

沈んだ表情をしてしまっていたのだろう、気づけば藤原がメイの顔を覗きこんでいる。慌てて笑顔を作り、ジョッキに一口だけ残っていたビールを飲み干した。

「けど、改めて考えると奇妙でしたね。五木さんは、カッとなって衝動的に姫野さんを殺害したにもかかわらず、凶器は消えるし、目撃証言はめちゃくちゃだし、アリバイ証人はいるし、のオンパレードで。本人もさぞかし驚いたことでしょう」

ハルが凶器を消し、五人の目撃者が犯人像をあやふやにし、そしてメイがアリバイを作ってしまったのだ。

「こんなこと言うと不謹慎かもしれませんが、あずき荘での殺人の凶器があずきだった、ってところも、面白い点でした」

「あ。本当だ。気づきませんでした」

あずき荘で働いている人間にとって、『アズキソウ』は、職場を意味する固有名詞になってしまっている。あずき荘あずき荘と口には出していても、食べもののあずきとは結びつかないのだ。

「二軒目、行きませんか?」

「私は明日休みですけど、アキハルさんお仕事じゃ?」

高校で音楽を教えていた祖母に憧れて、子供のころから高校教諭になるのが夢だったと、藤原は話してくれた。体育の教師なんてものは、二日酔いではまともに務まらないだろう。

「ふふふ。実は明日は学校の創立記念日で、休みなんです」

「そうなんですか。じゃあぜひ行きましょう」

会計をしようと財布を出すと、免許証が落ちた。藤原の足元へ滑り、拾い上げられる。

免許証の写真は写りがよくないため、あまり見ないでほしいとメイは願ったが、藤原は免許証を驚いた顔で見つめている。

「あのう、そんなにじっくりと見ないでほしいんですが……」

「メイ、さんて……明治さん、だったんですね。明治、瑞希、さん」

「……はい？」

「ミズキ、って、下の名前だったのか。いや、すみません。ウォーターの『水』にツリーの『木』が苗字の、『水木メイ』さんだとずっと思ってました。おばあちゃんからも、『メイちゃん』としか聞いてなかったし」

予想外の言葉に、思わず口が開いた。

「いやあ、はは、誠に申し訳ない。今更何を、って、思ってます？　僕も同じ気持ちでしたよ。メイさんに、『藤原イツキさん』、って呼ばれた時」

そう言われると確かにそうだ。メイはつい笑った。

「お互い、本当に言葉が足りなかったですね」

「本当に」藤原は、急に何かを思いついた顔になった。「そうか、それじゃ、もう一つ言っておかないと。もし、僕とメイさんが結婚することがあっても、婿入りだけはごめんです」

突拍子もない話に、メイは一瞬、言葉に詰まった。

「はあ。理由、聞いた方がいいんですか」

どう返していいかわからず、妙な言い方になってしまう。

「そういえば、漢字までお話ししていませんでしたね。僕の名前。『アキハル』って、どういう漢字かわかります？」

言いながら、藤原も自分の免許証を取り出している。アキハル、アキハル、と考えて、あ、と思いついた。藤原が目を細め、免許証を渡してきた。

「わかったみたいですね」

免許証には、「藤原明治」と記載されていた。

第三十回鮎川哲也賞選考経過

　小社では一九八九年、「《鮎川哲也と十三の謎》十三番目の椅子」という公募企画を実施し、今邑彩氏の『卍の殺人』が受賞作となった。翌年鮎川哲也賞としてスタートを切り、以来、芦辺拓、石川真介、加納朋子、近藤史恵、愛川晶、北森鴻、満坂太郎、谺健二、飛鳥部勝則、門前典之、後藤均、森谷明子、神津慶次朗、岸田るり子、麻見和史、山口芳宏、七河迦南、相沢沙呼、安萬純一、月原渉、山田彩人、青崎有吾、市川哲也、内山純、市川憂人、今村昌弘、川澄浩平、方丈貴恵各氏と、斯界に新鮮な人材を提供してきた。

　第三十回は二〇一九年十月三十一日の締切までに百五十八編の応募があり、二回の予備選考の結果、以下の六編を最終候補作と決定した。

黒澤主計　　ビター・スウィート・リリパット
本能寺かぼちゃ　今から密室殺人が5つ起きる。しかも著作累計5000万部のミステリー作家が建てた、この雪に閉ざされた館でだ
松城明　殺人機械が多すぎる
岡本好貴　名探偵の軌跡
弥生小夜子　風よ僕らの前髪を
千田理緒　誤認五色

最終選考は、加納朋子、辻真先、東川篤哉の選考委員三氏により、二〇二〇年三月三十一日に行われ、次の作品を受賞作と決定した。

千田理緒　　誤認五色

更に、次の作品を優秀賞と決定した。

弥生小夜子　　風よ僕らの前髪を

＊

受賞者プロフィール
千田理緒（せんだりお）氏は、一九八六年埼玉

県生まれ。大阪府在住。大阪薫英女学院高等学校卒。介護施設に勤務ののち、現在はフリーター。

なお、受賞作は刊行に際して『五色の殺人者』と改題した。

第三十回鮎川哲也賞選評

加納朋子

今回、本当にバラエティーに富んでいて、とても楽しませていただきました。二度目の候補となられた方々も、明らかにレベルアップしていて、そのご努力・熱意に心から感動させてもらいました。以下、読んだ順に言及します。

『ビター・スウィート・リリパット』

奇妙で怖くて物悲しいお話でした。人間の家に隠れ住み、ブラックコーヒーに砂糖を投げ込むことが存在意義の小人たちの物語。そこで起こる、小人連続殺人事件。

発想はものすごく面白いと思います……が、あまりにも奇抜過ぎて、読み手を極端に選ぶ作品となっています。エンターテイメントである以上、最初から門を狭め過ぎない方がいいのではないでしょうか。

『今から密室殺人が5つ起きる。しかも著作累計5000万部のミステリー作家が建てた、この雪に閉ざされた館でだ』

第二十九回の『計画的殺人は死刑』のかぼちゃさんですよね。前作よりも格段に良くなっていると思いました。それに五つも密室トリックを連打したご努力は立派です。あまりにもあからさまだったり、どう考えても実現不可能なトリックもありましたが、最後のトリックはとてもシンプルで美しく、素晴らしいと思いました……が、相当な力業が必要なこのトリックに、あまりにもそぐわない犯人の設定が、本当に残念です。それからこのタイトルは、ううん……。キャラクターの造形にしてもそうですが、せっかく面白い発想力をお持ちなのですから、ライトノベルの類型から大きく飛び出されても良いのではないでしょうか。

『殺人機械が多すぎる』

題材はこの作品が一番目を引きますし、目新しいと思います。文章も論理的で読みやすいです。実際に工学部出身の方なのでしょうか？　様々な性能を持つ殺人ロボットの競演……わくわくしますね（していいのかしら）。

総じてレベルは高いと思いました。が、全体的にキャラクターが弱く、淡々とし過ぎていて、物語が平坦なまま終わってしまう印象を受けました。それから、〈現実世界の少し先〉の技術であるというところが良いと思って読んでいたので、ラストはいきなりSFになってしまい、個人的には残念でした。


『名探偵の軌跡』

第二十八回で『ロンドンの探偵たち』を書かれた方ですね。三十ページで予想がつく……と思いきや……。前作よりも格段にレベルアップしていると思います。構成にも工夫が見られますし、小粒ながらトリックも面白いです。古き良き、黄金時代のような本格ミステリを書きたいという意欲が伝わってきますし、実際にそれを書けるのはすごいことだと思います。前作同様、品の良さも好感が持てます。かなり面白く読み終えたのですが……。曲者《くせもの》揃いだった今回の候補作の中で、尖《とが》ったところがない分、インパクトという点では少し弱かったかもしれません。


『風よ僕らの前髪を』

湿り気を帯びた耽美な物語。途中、悠紀と成海の名前が入れ替わっているところが二ヵ所ほどあり、混乱しました。児童虐待、美女や美少年の顔が硫酸や火事で焼けただれたり、BL要素があったり、こちらもだいぶ読み手を選ぶ印象です。文章は端正ながら、しばしば息が長すぎて息苦しく感じました。登場人物の言葉が芝居のセリフのようで不自然、とも。けれどこの辺りは、好みの範《はん》疇《ちゅう》なのでしょうね。小説としては、とてもよくできていると思います。タイトルセンスも素敵です。


『誤認五色』

とても面白く読みました。ある特定の環境下でのみ成立するミステリ。明るくユーモラスなタッチと相まって、松尾由美さんの『バルーン・タウンの殺人』を思い出しました。あちらはSFでしたが、こちらは介護施設というこの上ないリアル。

文章も読みやすく、中堅作家に匹敵する手堅さがあります。

謎は実にシンプルで、やや小粒かなという気もしますが、この先安定して書いていける方だと思います。タイトルについては、再考してみても良いかもしれません。


鮎川賞も節目となる三十回目にして、選考会は異例の、メールと電話によるものとなりました。なかなか貴重な体験でしたが、願わくばこのようなことは最初で最後であって欲しいものです（私自身は今回をもって任期満了となりますが）。

今回の候補作はすべて、一定以上の水準と、それぞれ異なった長所・魅力を持っていました。そのため大いに迷いましたが、こうした場合、減点方式でポイントの高い作品を一番とするよりも、「どの作品が好きか」というシンプルな姿勢で候補作に向き合った方が自分の中で納得できる結果になるのではと考えました。

そうした意味で、受賞作である『誤認五色』は、とても好ましい作品でした。先の見えない不安を誰もが抱くようなこの年に、このように明るくほっとするような作品を送り出せたこと、とても嬉しく思います。

辻　真先

三十回の大台にのった鮎川賞。第一回受賞作をはっきり覚えているだけに、あれからもう三十年の歳月が流れたという事実！　しみじみと感ずるものがありました。

『ビター・スウィート・リリパット』

架空の世界観にリアルさを感得させるのは困難な代わり、脱稿の暁《あかつき》には達成感が大きいことでしょう。小人が活躍する構想、大歓迎します。ですがはじけたシチュエーションを狙えば狙うほど難度は高く、それも雰囲気の醸成だけでは論理が必要なミステリとして手薄な作品になるはずです。砂糖の妖精というシュールな存在を読者に信じさせるには練成不足ですが、一歩を踏み出したことは認められます。でもまだまだです。このままでは砂上ならぬ砂糖上の楼閣に終っています。勿体ないと思います。

『今から密室殺人が5つ起きる。しかも著作累計5000万部のミステリー作家が建てた、この雪に閉ざされた館でだ』

タイトルだけで三行を費やしましたが、作品の出来は去年の候補作よりグンとよくなっています。奇矯な設定で読者を煙《けむ》に巻き、強行突破する稚気満々の作風はおなじですが。密室トリックを量産した作者としての膂力《りょりょく》は買いです。二年つづけて最終候補に残っただけはあります。でも入賞を争うには目玉のトリックにノレず、残念でした。重厚な客室のドアが軽々と交換できるでしょうか。時間といい作業量といい、不安になりました。そしてクローズドサークルが舞台なら、人物群にブレのない個性を付与してください。メイドに「絶賛遭難中」といわせても場当たりの受けにしかなりません。密室探偵の存在感のなさ、美少女ふたりの印象がかぶるのもマイナスです。ある小説教室の生徒（三十代から五十代七人）に「ジト目」の意味を尋ねましたが、誰も知りませんでした。あなたの世界はそれほど狭いのです。どうか自分の殻を割ってください。果たしてどんな作品が生まれるか期待しています。

『殺人機械が多すぎる』

ロボット同士の代理戦争場面は圧巻でした。そこに行き着くまでの経緯も当を得たもので、やや空想的世界に読者を誘いこむ手つきが堂に入っていました。残念なのはそれからです。真犯人の確定が消去法頼りでは弱く感じられます。作品の根幹がアクションでなくミステリなら、意外な角度からの犯人証明こそ必須と思ったのですが。作品に幕を下ろす段階で、人間に似て非なる女性ロボが正体を見せたときは当惑しました。こんな優秀なロボットがあるなら、殺人ロボのトーナメントの意義はどこにあったのか。さらにラストシーン、完璧に替え玉を演じきるアンドロイドの登場に至って、作品は自殺したも同然と思わされました。惜しい！　書きはじめる前に、作品全体の構造計算を煮詰めるべきだったと考えます。

『名探偵の軌跡』

この作者も一昨年につづく再登板です。紛れもなく前作を上回るレベルでした。謎解きの最中に急死した名探偵は、いかにして真相にたどり着いていたのか、その筋道を辿る話です。メインの舞台は英国でも、キーとなる小道具はニッポン製というひねりがきいていて、探偵役の新人刑事の好演で（やり過ぎの感はありますが）気持よく読めました。ゼニのとれるエンタメと思ったものの、ではこれが令和の鮎川賞として十分といえるか心配で、受賞作とするには二の足を踏みました。

『風よ僕らの前髪を』

長いスパンの物語なのに、リーダビリティの高さはトップでしょう。文章にすぐれ、構成が吟味されています。よく練ってある！　率直にいってぼくには書けないというのが、本音でした。インモラルな話ですから、読者によっては拒絶反応を起こしそうですが、それに配慮してか、ラストの帰趨《きすう》を読者にまかせたのも賢明でした。それでも、作品全体に関わる大きな疑問を払拭できません。BLドラマがミステリに奉仕したのではなく、この作品ではミステリはしょせんドラマ展開のツールに過ぎなかったのでは？　という疑念。あるいはそれはぼくの僻目《ひがめ》で、二者が一体となって人の心の謎に対峙した作品――と解釈すればいいのでしょうか。

『誤認五色』

駄洒落《だじゃれ》っぽい題名からうけた先入観とちがって、高いレベルのミステリでした。なによりもはっきり提示された謎があります。探偵役は読者代表みたいな、頼りないが親近感のある女性で、舞台は今日《こんにち》的な話題を孕《はら》む介護施設です。人物紹介に筆を費やす前半はたるみがちですが、後半をてんこ盛りのサスペンスで読ませてくれました。ヒロインの推理と恋が軌を一にして興趣を盛り上げる手際は実に鮮やか。最後の局面では探偵もぼくもみごとうっちゃりを食わされて、でも後味はきわめて爽快です。これぞ鮎川賞と思ったら、他の選考委員からサブトリックに疑念が提出されて、ぼくは凹《へこ》みました。気がつかなかったなあ……その疵《きず》を修正する条件で本作に授賞が決まった次第です。

東川篤哉

今年から選考委員に加わることとなりました。果たしてどうなるものやら、と不安を抱く私のもとに届けられた最終候補作は、どれも個性的な力作揃い。いずれも楽しく読むことができました。が、どれか一作を選ぼうと思うと、これが難しい。全体の水準は間違いなく高い。「これは全然駄目」という作品は一本も見当たらない。だがその一方、「絶対これで決まり」と断言できるほどの抜きん出た作品もない。いや、一作だけあるような気もするけれど、その一作は本格とは呼べないかも。困った。どうしよう。《受賞作ナシ》で逃げられるほど不作ではないと思うし、どれか一本選ばなくてはならないのだけれど——

『ビター・スウィート・リリパット』

小人の存在する日常が舞台。特殊設定ミステリとして読むべき作品だろう。正直、砂糖の小人という存在に違和感を抱いたまま読み進めた。解決編の手前あたりから俄然ミステリ的な興趣が盛り上がって読後感は良かったが、前半のマイナスをカバーするには至らなかった。結局メルヘン世界の構築が不充分なわけで、それなら下手《へた》にファンタジー要素など持ち込まず、現実世界のミステリで勝負できたのでは、というのが素直な印象。

『今から密室殺人が5つ起きる。しかも著作累計5000万部のミステリー作家が建てた、この雪に閉ざされた館でだ』

タイトルのせいで五万点ぐらい損しているが、中身は案外よく考えられたミステリ。作者の本格愛、中でもトリックに対する偏執狂じみたこだわりが心強い。大見得を切って披露される最後の密室には、「この手があったか!」と思わず唸《うな》った。迷った挙句、私はこの作品を最上位に推したが、他の選考委員の賛同は得られなかった。が、それも当然のこと。連打されるトリックの多くが、非現実的かつ粗雑すぎるのだ。作者はその欠点を物量でカバーしようとしている節があるが、やはりトリックは完成度で勝負するべきだろう。

『殺人機械が多すぎる』

殺人ロボットが現実のものとなった世界を舞台にした作品。設定の独創性は候補作中でも図抜けていた。冒頭場面が良くて期待しつつ読み進めたが、なぜか中盤で失速。事件の様相がなかなか示されないまま、ロボット同士のバトルが延々と続く展開には、歯がゆさを覚えた。謎の組織の存在に妙なユルさがあり、そのため物語全体が嘘っぽくなっている。全体として魅力的な設定が活かしきれておらず、もったいない印象が残った。


『名探偵の軌跡』

古き良き往年の海外本格の雰囲気を持った作品で、好感を持った。誰でも書けるという作風ではない。早い段階で仕掛けの一端を見破った気分になるのだが、それも作者の撒いた疑似餌《ぎじえ》に過ぎず、最後にはまったく別の真相が現れるという構成の妙もある。問題はその最後に現れる真相が、若干インパクト弱めという点。鍵の複製にまつわるトリックは斬新かつ意表をつくものだった。が、そもそもトリックを弄《ろう》してまで、その鍵を複製する必要があるだろうか、という動機の問題が最後まで引っ掛かった。


『風よ僕らの前髪を』

今回、最も悩まされた作品。情感のこもった達者な文章で描かれるのは、いちおうは殺人事件の真相を追う元探偵の話。だが、それによって浮かび上がってくるのは、いまどき話題の社会問題、そして何より美少年二人の十年にわたる関係性だ。難しい題材を作者はあざとくないレベルで巧みに料理している。が、読者が推理して真相にたどり着けるという話ではない。探偵小説ではあっても本格ではない、といった印象。だから鮎川賞に推すことは控えたが、しかしこの作者の描く人物や世界には独特の妖しい魅力がある。ミステリの新たなフィールドを切り開く可能性を持つ作品という意味で、優秀賞に値すると考えた。


『誤認五色』

五人の目撃者が犯人の服について、なぜか五通りの色を答える。その不可解な謎には、本格を支えるだけの充分な魅力があり、しかもそれは何の矛盾もなく理論的に解き明かされる。それだけでも一読する価値のある傑作であることは間違いない。文章は明朗で読みやすく、登場人物にも親しみやすさがある。介護施設という舞台も今日的《こんにち》で興味深い。敢えていうなら、欠点のないのが欠点というか、全体的に手堅く纏《まと》まった感じの作品で、新人らしい突き抜けたものがない。正直、鮎川賞としては軽めの作品という印象も抱いたのだが、そもそもユーモアミステリを書いている私が、軽さをマイナスに評価するというのもおかしな話だと思い直して軌道修正。他の選考委員の評価は揃って高く、私も充分に完成された作品であると考え、本作を鮎川賞とすることに同意した。

候補作は、どれも一長一短あってほぼ横一列。賞を得た二作品とその他の作品の差は、ほんの僅かです。敢えていうなら、その差は作品世界を必要な言葉で隙間なく埋め尽くす《丁寧《ていねい》さ》の有無だったかも——と、そんなことを感じさせられた選考でした。

五《ご》色《しよく》の殺《さつ》人《じん》者《しや》

2020年10月9日　初版

著者
千《せん》田《だ》理《り》緒《お》

装画
有村佳奈

装幀
大岡喜直（next door design）

発行者
渋谷健太郎

発行所
株式会社東京創元社
〒162-0814 東京都新宿区新小川町1-5
03-3268-8231（代）
http://www.tsogen.co.jp

印刷
フォレスト

製本
加藤製本

 ISBN978-4-488-02565-6　C0093

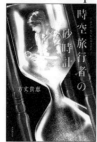

第27回鮎川哲也賞受賞作

Murders At The House Of Death◆Masahiro Imamura

屍人荘の殺人

今村昌弘

創元推理文庫

◆

神紅大学ミステリ愛好会の葉村譲と会長の明智恭介は、
曰《いわ》くつきの映画研究部の夏合宿に参加するため、
同じ大学の探偵少女、剣崎比留子と共に紫湛荘を訪ねた。
初日の夜、彼らは想像だにしなかった事態に見舞われ、
一同は紫湛荘に立て籠もりを余儀なくされる。
緊張と混乱の夜が明け、全員死ぬか生きるかの
極限状況下で起きる密室殺人。
しかしそれは連続殺人の幕開けに過ぎなかった――。

＊第1位『このミステリーがすごい！ 2018年版』国内編
＊第1位〈週刊文春〉2017年ミステリーベスト10／国内部門
＊第1位『2018本格ミステリ・ベスト10』国内篇
＊第18回 本格ミステリ大賞〔小説部門〕受賞作

第24回鮎川哲也賞受賞作

Tales of Billiards Hanabusa◆Jun Uchiyama

ビリヤード・ハナブサへようこそ

内山 純

創元推理文庫

◆

大学院生・中《あたり》央《あきら》は
元世界チャンプ・英《はなぶさ》雄一郎が経営する、
ちょっとレトロな撞球場
「ビリヤード・ハナブサ」でアルバイトをしている。
個性的でおしゃべり好きな常連客が集うこの店では、
仲間の誰かが不思議な事件に巻き込まれると、
プレーそっちのけで安楽椅子探偵のごとく
推理談義に花を咲かせるのだ。
しかし真相を言い当てるのはいつも中央で?!
ビリヤードのプレーをヒントに
すべての謎はテーブルの上で解かれていく！
第24回鮎川哲也賞受賞作。

鮎川哲也賞

創意と情熱溢れる鮮烈な推理長編を募集します。未発表の長編推理小説（四〇〇字詰原稿用紙換算で三六〇〜六五〇枚）に限ります。正賞はコナン・ドイル像、賞金は印税全額です。受賞作は小社より刊行します。

ミステリーズ！新人賞

斯界に新風を吹き込む推理短編の書き手の出現を熱望します。未発表の短編推理小説（四〇〇字詰原稿用紙換算で三〇〜一〇〇枚）に限ります。正賞は懐中時計、賞金は三〇万円です。受賞作は『ミステリーズ！』に掲載します。

注意事項（詳細は小社ホームページをご覧ください）

・原稿には必ず通し番号をつけてください。ワープロ原稿の場合は四〇字×四〇行で印字してください。
・別紙に応募作のタイトル、応募者の本名（ふりがな）、郵便番号、住所、電話番号、職業、生年月日を明記してください。
また、ペンネームにもふりがなをお願いします。
・鮎川哲也賞は電子データは受け付けられません。必ず紙に印字したものをお送りください。
また、八〇〇字以内のシノプシスをつけてください。
・ミステリーズ！新人賞は小社ホームページの応募フォームからのご応募も受け付けしております。
・商業出版の経歴がある方は、応募時のペンネームと別名義であっても応募者情報に必ず刊行歴をお書きください。
・結果通知は選考ごとに通過作のみにお送りします。メールでの通知をご希望の方は、アドレスをお書き添えください。
・選考に関するお問い合わせはご遠慮ください。
・応募原稿は返却いたしません。

宛先　〒一六二－〇八一四　東京都新宿区新小川町一－五　東京創元社編集部　各賞係